長腿叔叔

Daddy-Long-Legs

珍・韋伯斯特——著
許珈瑜——譯

獻給你

目次

憂鬱的星期三

每月的第一個星期三都是糟糕透頂的一天。你只能提心吊膽等著這天逼近，咬緊牙關撐過去，再以迅雷不及掩耳的速度忘掉。地板要掃得一塵不染，椅子要擦得發亮，床鋪不能有一絲皺褶，還得幫九十七個好動的孤兒搓澡洗臉，梳好頭髮，套上漿過的硬挺格紋衫，把鈕釦一顆顆扣好，同時還要一一叮嚀他們注意禮儀，並再三提醒只要孤兒院董事開口問話，就要回答：「是的，先生。」或者「不是，先生。」

這樣的一天苦不堪言。可憐的潔露莎．艾伯特身為最年長的孤兒，當然又更苦了。幸好這個星期三一如往常，撐著撐著也終於要進入尾聲。潔露莎做完賓客的三明治後，總算可以從廚房脫身，上樓打點其他日常工作。她負責照顧F室，裡頭有十一張小床擺成一排，住著十一個四到七歲的小不點。潔露莎把大家集合起來，幫他們把皺巴巴的衣服整理好、鼻涕擤一擤，等他們老老實實排好隊，再帶往餐廳享用麵包、牛奶和葡萄乾布丁，度過幸福的半小時。

用完餐後，潔露莎累得癱坐在窗邊的椅子上，將隱隱抽痛的太陽穴靠在冰涼的玻璃窗。她從一大清早五點忙到現在，給人呼來喚去，還被神經質的院長李佩特太太東罵西罵，不停催促。雖然李佩特院長在那些董事和女性賓客面前總是從容不迫，甚至端莊到有點過頭，但私下並未能常保得宜。潔露莎往窗外望去，視線掠過結霜的大片草坪，再穿過孤兒院高高的鐵欄杆圍籬，眺向遠方起伏的山巒。山上散落著幾戶鄉村莊園，光禿禿的樹林之間還能看見村落屋舍的尖塔。

潔露莎心想，今天大致算圓滿落幕。那些董事和前來視察的委員會順利巡視了孤兒院。報告看了，茶也喝了，他們眼下正急著回到自己溫暖的家，待在壁爐旁烤烤身子，把院裡那些煩人卻又不得不關照的小鬼拋到腦後，等一個月過後再來。潔露莎將身子往前一探，看著馬車和汽車一輛接著一輛駛出大門，好奇中又帶著一絲惆悵。她想像自己跟著那一輛輛馬車，前往坐落在山坡上的偌大房子。幻想中，她穿著毛皮大衣，戴著一頂以羽毛點綴的絲絨帽，把身體靠向椅背，漫不經心地對司機說：「回家。」然而，當車子駛到家門口，她的想像就越發模糊。

潔露莎總是浮想聯翩。李佩特院長曾出言告誡，要是她不節制自己的想像力一點，遲早會惹事上身。可是就算潔露莎的想像再細緻入微，也無法帶她穿過門廊、進到她想去的房子。可憐的小潔露莎，明明如此殷切期盼又充滿冒險精神，卻在她十七年的歲月裡，不曾踏入任何尋常人家。沒有孤兒打擾的日常生活會是怎樣的光景，她實在想像不出來。

潔——露——莎——艾——伯特，有人找——妳

到辦公室——去

而且我覺得妳最好

快點過去！

唱詩班的湯米．狄倫一邊唱、一邊爬上樓梯。走廊上的歌聲越來越響亮，逐漸往F室靠近。潔露莎從窗邊抽身，回到現實面對生活中的麻煩。

她打斷湯米的歌聲，忐忑不安地問：「誰找我？」

李佩特院長在辦公室

好像氣得火冒三丈

阿——門！

湯米一字一句慢慢唱，音調平板而嚴肅，虔誠得像在唱聖歌，但他沒有幸災樂禍的意思。畢竟，無父無母的孩子再鐵石心腸，看到院裡的姐姐因為做錯事而被叫到辦公室，還是會心生同情，況且還是去見怒火中燒的院長。再者，湯米也滿喜歡潔露莎的。就算這個姐姐偶爾會大力拉他的手臂，洗臉時還把鼻子洗到快掉下來，湯米對她的喜愛依舊不減。

潔露莎一言不發走了出去，一路上蹙著眉頭左思右想，到底是哪個環節出了差錯。是三明治的麵包切太厚了嗎？堅果蛋糕裡面有果殼沒有挑乾淨？還是女賓客看到蘇西．霍桑長襪上的破洞？天啊，等等，太糟了，該不會是F室哪個天真無邪的小不點跟董事頂嘴了吧？

樓下長廊的燈還沒點亮。潔露莎下樓時，瞥見最後一位董事站在與車道相連的門口，正準備離開。這一瞥留下的印象之少，只讓她覺得這位董事個子非常高。他朝著在彎道待命的汽車招手，車子發動後馬上駛了過來。刺眼的頭燈把他的身形投射到門內的牆上，輪廓分明的影子描繪出怪異的修長四肢。他的雙手雙腳被拉得細細長長，直直延伸穿過地板，爬到走廊的牆壁上。從任何角度看，都像是隻左搖右擺爬行的大蜘蛛，那種俗稱「長腿叔叔」的長腳蜘蛛。

潔露莎深鎖的眉頭馬上鬆開，咯咯笑出聲來。她天生樂觀開朗，任何小事都能逗樂她。那些董事總是散發一股壓迫感，能從他們身上找到幾個笑料，簡直是意外的收穫。就是這樣一個小插曲讓她重振精神，笑臉盈盈走向辦公室見李佩特院長。出乎意料的是，連院長也是眉眼彎彎，就算不是真的在笑，也算是一臉和氣，神情幾乎和接待賓客時一樣，看起來十分親切。

「潔露莎，快坐下，我有話跟妳說。」

潔露莎一屁股坐到腳邊的椅子上，屏住呼吸等院長開口。這時一輛車駛過窗外，李佩特院長看了一眼。

「有看到剛剛離開的那位先生嗎？」

「只看見背影。」

「那位先生在董事當中是數一數二有錢有勢，還是本院的大金主。至於名字，我無可奉告，他明確表示不能透漏。」

潔露莎把眼睛睜大了一些，不是很習慣被叫到辦公室跟院長談論董事的奇行異事。

「他資助過本院幾個男孩子。還記得查爾斯．本頓和亨利．斐列茲嗎？他們能去上大學，都是多虧了這位……呃，董事。他們兩人十分勤奮向學，以優異的成績報答董事先生的慷慨贊助，而這位先生也不求其他回報。他向來只資助男孩子，我曾經請他多關照院裡的女孩，但一點用也沒有，再優秀也激不起他的興趣。我可以很明白告訴妳，他不喜歡女孩子。」

「是的，院長。」潔露莎低聲說，覺得院長好像在等她回應。

「今天在例會上，有人提到妳未來的出路。」

李佩特院長刻意沉默了一下，接著才不疾不徐娓娓道來。這對當下繃緊神經的潔露莎而言，可是極大的折磨。

「一般而言，如妳所知，這裡的孩子過了十六歲就必須離開，只有妳是特例。妳十四歲就修完本院的課，學業成績斐然——但我也必須說，妳的操行有待加強。總之，院方當時決定讓妳到村裡的高中繼續求學，而現在妳快畢業了，我們也沒辦法再負擔妳的支出——話雖然這麼說，妳也已經比大部分的人多待了兩年。」

李佩特院長避而不談在這兩年間，潔露莎為了食宿費賣力工作，而且把孤兒院的大小事擺在第一位，顧好學業只是次要。像今天這樣的日子，她就不能上學，只能留在院內打掃幫忙。

「剛才說有人提到妳之後的發展，我們後來也順著討論了妳的表現，徹底檢討一番。」

李佩特院長用責備的眼神瞪著潔露莎。潔露莎就像坐在被告席的犯人，滿臉愧疚，但這倒不是因為她想起自己犯了什麼滔天大罪，只是覺得院長希望她要有所表示，才做做樣子而已。

「當然，一般來說，與妳相同處境的孩子會直接被安排去工作。不過，妳有幾個科目的成績很不錯，尤其是英文科的表現似乎非常優秀。這次來訪的視察委員普芮查德小姐同時也是校務委員會成員，她在跟妳的修辭學老師談過後，向大家誇讚了妳一番，還大聲朗誦妳的作文〈憂鬱的星期三〉。」

這下潔露莎是發自內心覺得愧疚了。

「我們拉拔妳長大，妳應該心懷感激，結果妳卻寫文章嘲弄院方，實在是忘恩負義。要不是通篇文筆幽默，妳十之八九不會被輕易放過。而且好在老天賞臉，那位……呃，就是剛才離開的那位先生，幽默感好到異於常人。他看中妳那篇沒大沒小的文章，表示願意送妳上大學。」

「上大學？」潔露莎瞪大了眼。

李佩特院長點了點頭。

「他留到最後就是為了和我商量條件，而且他的條件都相當奇特。說實話，那位先生怪得讓人捉摸不定。他認為妳很有創意，打算讓妳接受教育，培養妳將來成為作家。」

「作家？」潔露莎的腦袋一時打結，只能重複李佩特院長的話。

「不過這也純屬他的期望，能不能成真，還得看妳未來的造化。他提供一大筆零用錢，對沒有理過財的女孩子而言，說真的有點太慷慨了，但因為他的計畫十分周全，我也不好再多說什麼。這個夏天，妳還會待在這裡，普芮查德小姐很熱心，主動表示要幫妳購置衣物。至於學費及食宿費，董事先生會直接付給學校，在校四年期間，每個月還會給妳零用錢三十五美金。如此一來，妳就能跟其他學生平起平坐。這筆零用錢每個月會由他的私人祕書寄給妳，妳每個月收到錢後必須寫一封信給他，但信裡不必感謝他的金援。董事先生不希望妳在這件事上著墨太多，他只想聽妳說說修課的進度、分享生活的點點滴滴，就好比妳的父母還在世，妳寫信給他們那樣。

「信件會由祕書轉交，收信人寫約翰．史密斯先生。這不是他的真名，他寧可不具名，而且妳也只會知道這個化名，其他資訊一概不會透漏。董事先生之所以會請妳寫信，是想提升妳的文字表達能力，他認為這是培養文字造詣的不二法門，也因為妳無親無故，沒有寫信的對象，他希望妳能藉此機會寫寫信，同時掌握妳進步的狀況。不過，他不會回妳信，也不會特別把這些信放在心上。他討厭寫信，不希望妳成為他的負擔。假如發生什麼急事需要他回覆，比如被退學，妳可以寫信給他的祕書葛里格茲先生，但我相信退學這種事不會發生才對。每個月寫信是妳必須履行的責任，史密斯先生只要求妳這樣回報他，所以妳務必按照指示寄信，就像準時付帳單那樣。我呢，希望妳寫信的語氣要恭敬，展現我們對妳的栽培。妳寫信的對象是我們『約翰．葛里爾之家』的董事，這點妳一定要銘記在心。」

潔露莎等不及了，忍不住往門的方向看，興奮得有些暈頭轉向。她一心只想逃離李佩特院長的陳腔濫調，好好讓自己沉澱一下。潔露莎站起身，試探性地往後退了一步，無奈院長舉手示意她留下，畢竟這麼好的說教機會可不能輕易放過。

「我相信妳會對這個天上掉下來的禮物心懷感激，對吧？大部分與妳處境相同的女孩，一生也得不到這種大好機會，所以妳一定要時時刻刻切記……」

「我……會的，院長，謝謝。如果沒事了，我想我該去補弗雷迪．柏金斯的褲子了。」

潔露莎一溜煙跑了出去，留下目瞪口呆的李佩特院長。她本來還想再高談闊論一番呢。

潔露莎・艾伯特小姐
給「長腿叔叔」史密斯先生的信

九月二十四日
佛格森宿舍二一五室

親愛的又大發慈悲供孤兒上大學的董事先生：

終於到啦！我昨天搭了四小時的火車，搭車的感覺真奇妙，對吧？這可是我第一次坐火車呢！

大學大得讓人搞不清東西南北，一踏出房門我就成了路痴。等我腦袋清楚一點，再跟你講講這裡的環境，之後也會向你報告我的上課狀況。現在是星期六晚上，雖然下週一早上才開始上課，但我想先寫封信打個招呼。

寫信給不認識的人總覺得有點奇怪，不過光是寫信這件事，對我而言就夠怪的了。我這輩子只寫過三、四封信，如果有哪裡寫得不盡如人意，還請見諒。

昨日上午啟程前，李佩特院長找我正正經經談了一番，告訴我今後待人處事的方法。她叮嚀我在慈悲心腸的董事先生面前，一定要保持十二萬分恭敬，因為董事先生是對我慷慨相助的貴人。

可是，面對希望化名為約翰・史密斯的人，怎麼有辦法保持十二萬分恭敬呢？你為什麼不取一個更有個性的名字？我還不如寫信給「馬樁先生」或「曬衣架先生」呢。

這個夏天，我想了很多關於你的事。過了這麼多年，終於有人來關心我，對我而言就像找到一個家。現在，彷彿我終於有了歸屬，感覺非常安心。但說真的，我對你的想像非常有限，畢竟我不太瞭解你，只知道三件事：

一、個子很高。

二、身家富有。

三、討厭女孩子。

我想過要稱呼你為「討厭女孩的先生」，但這樣會有點侮辱到我自己，所以又想說不如稱你為「多金男先生」，可這下又會對你大不敬，好像你只有錢而沒有其他優點。而且我也知道錢是身外之物，也許你不會一生都這麼富有，看看那些在華爾街一敗塗地的聰明人就知道了。不過至少個子高這件事，一輩子都不會改變！所以我決定稱呼你為「長腿叔叔」，希望你不會介意。這個暱稱僅限於我們兩個之間使用喔，請別告訴李佩特院長。

再兩分鐘就要打十點的鐘了。這裡的一天劃分成好幾個時段，作息全都由鐘聲提醒，吃飯、睡覺和上課都是。生活變得朝氣滿滿，我整天馬不停蹄，非常充實。鐘聲響了，準備熄燈，晚安！

請悉心觀察我有多守規矩，一切都歸功於我們約翰．葛里爾之家教導有方。

尊敬你的潔露莎．艾伯特敬上

此致長腿叔叔　史密斯先生

十月一日

親愛的長腿叔叔：

我非常喜歡大學生活，而且因為是你供我上大學，所以我也非常喜歡你。我整個人欣喜若狂，每天晚上都興奮到睡不著。你一定很難想像，約翰．葛里爾之家的生活跟這裡差了十萬八千里。我做夢也想不到世界上竟然有這樣一個好地方。因為性別等原因而無法就讀這所女子大學的人，我真心為他們感到遺憾。我想你年輕時讀的大學應該也沒這麼棒吧？

我的寢室在頂樓，以前是當傳染病病房使用，等新蓋的校內醫院落成後，病房才遷走。同一層樓還有另外三個女生，其中一個是大四學生，戴著眼鏡，老是要我們小聲一點，另外兩個是大一新生，一個叫莎莉．麥可布萊德，另一個叫朱麗亞．羅特勒奇．潘德爾頓。莎莉留著一頭紅髮，鼻子翹翹的，人很友善。朱麗亞出身紐約名門，到現在還把我當空氣。她們兩個住雙人房，我和那位大四生自己住一間。單人房很搶手，通常輪不到新生住，但我沒有特別提出申請就分到一間。我想一定是註冊組認為，教養良好的姑娘不適合跟無父無母的孩子同住一間房。看吧，孤兒的身分還是有些好處的！

我的房間在西北角，有兩扇窗戶，窗外風景宜人。跟二十個室友同住十八年後，現在獨住一間，好不安閒自在。我頭一次有機會認真認識潔露莎·艾伯特，我想我會喜歡她的。

你也會嗎？

•星期二

學校正在組大一籃球隊，說不定我有機會入選。雖然我個頭小，但身手矯捷，身體結實有力。別人跳到半空中的時候，我可以快速切到她們腳下搶球。下午在操場練球十分暢快，眼前的樹木一片紅黃交織，空氣中飄散著燃燒落葉的氣味。大家在場上又笑又喊，是我見過最快樂的一群女孩，而我是全場最幸福的一個！

原本想寫封長信，鉅細靡遺報告我的學習進度（李佩特院長說你想瞭解），可惜第七節課的鐘聲響了，我得在十分鐘內換上運動服到操場集合。你也希望我加入球隊吧？

你永遠的潔露莎·艾伯特敬上

附記（晚上九點）：莎莉·麥可布萊德剛才把頭探進我房間說：「我想家想到不行，妳也是嗎？」我微微一笑回答：「不怎麼想，我應該能挺過去。」說到底，住校絕對不會讓我想家想到崩潰。畢竟，想念孤兒院這種事，聽都沒聽過，對吧？

十月十日

親愛的長腿叔叔：

你知道米開朗基羅嗎？

他是中世紀盛名遠播的義大利藝術家。英國文學課的同學似乎都認識他，我以為他是哪位大天使，結果全班聽了哄堂大笑。可是這名字真的像極了天使啊，你說是不是？上大學的難關在於，大家會假設你本來就有一定的學識，而你壓根兒沒有。雖然有時候很尷尬，但現在只要別人談論我聽都沒聽過的東西，我就會閉上嘴巴，回去查百科全書。

開學第一天我就鬧了大笑話。有人提到文學名家莫里斯．梅特林克[1]，我卻問這號人物是不是大一新生，後來這件糗事還傳遍全校。不過無論如何，我在課堂的表現不輸別人，甚至還比有些同學聰明呢！

1 莫里斯．梅特林克（Maurice Maeterlinck）：比利時作家，著有經典劇作《青鳥》。

你想知道我怎麼布置房間嗎？我以棕色和黃色為基調，營造和諧相稱的美感。淺黃色的牆壁配上我買的黃色丹寧布窗簾和抱枕，再擺上一張三塊美金的二手桃花心木書桌與一把藤椅，地板鋪著咖啡色地毯。雖然地毯中間沾了墨漬，不過把椅子擺在上頭就沒事了。

房間的窗戶很高，平時坐在椅子上沒辦法看到外面。我索性把櫃子上的鏡子拆掉，把坐墊放到櫃子的檯面上，再把它移到窗前，這個高度正好能看到窗外。只要把抽屜一層層拉開，我就有了可以上下自如的樓梯，非常舒適！

這些家具是莎莉在大四辦的跳蚤市場上幫我挑的。她在普通人家長大，很瞭解怎麼布置房間。從小到大，我口袋裡最多只有五分錢，現在我拿著貨真價實的五塊美金買東西，還能找回些零錢，整個人心花怒放，這種感覺你不太懂吧？親愛的叔叔，我誠心感謝你給我零用錢。

世界上沒有人比莎莉更有趣了，而朱麗亞．羅特勒奇．潘德爾頓是最枯燥乏味的人。註冊組把她們安排在同一間寢室還真妙。在莎莉眼中，什麼事都趣味無窮，連不及格也能一笑而過。朱麗亞就不是這樣了。她看什麼都不順眼，覺得一切索然無味，也不想花精力討人歡喜。朱麗亞一心認為，只要是潘德爾頓家的人，不必看他一生有何功過，百分之百一定能上天堂。我跟她是天生的冤家。

讀到這裡，你的耐心應該快磨光了。我這就來報告目前的學習進度。

一、**拉丁文**：講到第二次布匿戰爭[2]。昨晚，迦太基主帥漢尼拔（Hannibal）率軍在特拉西美諾湖（Lake Trasimenus）紮營，準備設下埋伏襲擊羅馬軍。拂曉時雙方交火，羅馬軍撤退。

二、**法文**：讀了小說《三劍客》（*The Three Musketeers*）二十四頁，學到第三類動詞的不規則變化。

三、**幾何學**：學完圓柱體，正在學圓錐體。

四、**英文**：正在學寫說明文，文字越發洗鍊。

五、**生理學**：正在教消化系統，下節課講膽汁和胰臟。

認真學習的潔露莎・艾伯特敬上

附記：希望叔叔你滴酒不沾，喝酒可是很傷肝的。

---

2 第二次布匿戰爭（Second Punic War）：西元前二一八到前二〇一年，古羅馬與迦太基之間的戰爭。

‧星期三

親愛的長腿叔叔：

我改名了。

學校名冊上我還是潔露莎，但在名冊外我叫朱蒂。想來實在有點難過，我是不得已才給自己取小名，而且還是從小到大唯一的小名。這個名字不完全是我憑空想到的，孤兒院的弗雷迪．柏金斯牙牙學語時都叫我朱蒂。

要是李佩特院長幫寶寶取名的時候，能再多用心點就好了。我們的姓氏常常是看電話簿取的，例如翻開第一頁，就能看到艾伯特。至於大家的名字，取得就更隨興了，像潔露莎是院長在墓碑上看到的。我一直很討厭這個名字，但朱蒂倒是不錯，傻裡傻氣的，聽起來就像有雙藍眼睛的小可愛，從小集萬千寵愛於一身，生活無憂無慮，人生一帆風順。總之，跟我完全不搭。要是能過上那樣的生活，應該很不賴吧？有再多缺點，也不會有人說我被家裡慣壞，而且假裝家人很寵我，還滿好玩的。從今以後，請叫我朱蒂。

跟你說喔，我原本只有指頭連在一起的手套，是小時候在聖誕樹上收到的禮物，而現在我有三副真羊皮手套，還是五根手指頭分開的那種。我三不五時就會把它們拿出來戴戴，過過癮後才能忍著不戴去上課。

（用餐的鐘聲響了，再見。）

・星期五

叔叔，你怎麼看？英文老師稱讚我上次寫的作文「別具匠心」，她真的這麼說，我是把原話照搬給你聽。但這有可能嗎？想想我過去十八年受的教育，我們約翰・葛里爾之家的宗旨，可是把九十七個孤兒養育成九十七胞胎呢（這你一定再清楚不過，而且還衷心認同）。

孤兒示意圖

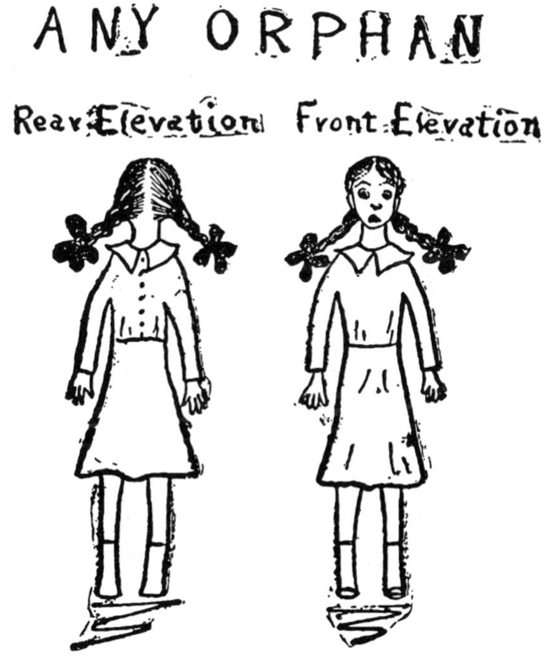
ANY ORPHAN
Rear Elevation
Front Elevation

背面　　正面

我非比尋常的藝術天分是小時候培養的，當時我常在柴房的門上用粉筆畫李佩特院長。

我對孩提時的家說三道四，希望沒有冒犯到你。叔叔你大權在握，假如我太無禮，你大可隨時斷了金援。我知道這樣說很沒禮貌，但說白了，你也別指望我懂什麼禮節，畢竟孤兒院不是什麼淑女進修學校。

叔叔，我跟你說，大學難的不是課業，而是要懂得跟大家打成一片。很多時候，我都聽不懂女生聊的話題。她們開的玩笑似乎都跟小時候的經歷有關，那些笑點其他人聽了很有共鳴，只有我一頭霧水。我就像來到異域的外地人，聽不懂當地語言，真的很悲慘。這感覺已經跟了我一輩子。讀高中的時候，女生組成的小團體從來不會靠近我，只會對我冷眼相看。全校都知道我與眾不同，是個異類，彷彿「約翰．葛里爾之家」幾個字大大地寫在我的臉上。有幾個比較樂善好施的同學，會特別走過來說幾句客套話。**但我討厭學校的所有人**，對那些好心人更是厭惡。

這裡沒有人知道我在孤兒院長大。我對莎莉．麥可布萊德說，我父母雙亡，能上大學，都是多虧一位仁慈的老先生。就現階段發展來說，我沒有說謊。希望你不會以為我是縮頭烏龜，我不過是想跟其他女孩子一樣。然而，孤兒院可怕的陰影始終籠罩著我的童年。我和那些女孩，是多麼的不同。要是能忘卻這一切，把它從記憶抹除，我一定也能像其他女生那樣討人喜歡。畢竟回到本質來看，我和她們也沒有實質差別，你說是吧？

說了這麼多，總之，莎莉・麥可布萊德很喜歡我！

你永遠的朱蒂・艾伯特（原名潔露莎）敬上

・星期六早上

我重讀了這封信，內容似乎有些沉悶。你大概猜不到，我下星期一早上有個專題作業要交，還要複習幾何學，偏偏這時候我得了感冒，噴嚏打個不停。

・星期日

昨天忘記寄信了，所以請讓我再寫一些，就今早發生的事發一點憤慨的牢騷。

學校早上來了一位主教，**你猜他說了什麼**？

「《聖經》給我們最有益的應許是：『常有窮人和你們同在。』[3]窮人的存在，讓我們得以保持慈悲之心。」

你評評理，窮人竟是有用的家畜。要不是我教養良好，早就在禮拜結束之後，上前跟他理論一番。

---

3 出自《約翰福音》第十二章第八節。

十月二十五日

親愛的長腿叔叔：

我入選籃球隊了！真想給你看看我左肩那塊瘀青，顏色又青又紫，還有一條條橘色傷痕在上面。朱麗亞・潘德爾頓也想加入球隊，但落選了，天大的好消息啊！

你瞧，我人真壞！

大學生活越來越順利。朋友和老師人都很好，課程也很用心，校園和食物也很棒，我全部都很喜歡。而且這裡每週吃兩次冰淇淋，從不吃玉米粥。

你一個月只想收到我的信一次，對吧？我卻三天兩頭就寫信過去。可是，這裡的一切都太新鮮了，我實在興奮難耐，不找個人說說會憋死的。你是我唯一認識

朱蒂在打籃球

的人，所以請原諒我劈哩啪啦講不停。我很快就會冷靜下來。如果你讀煩了，把信丟到垃圾桶也沒關係。我保證十一月中旬前不會再寫信。

喋喋不休的朱蒂・艾伯特敬上

十一月十五日

親愛的長腿叔叔：

這是我今天的學習進度：

平截頭正角錐體（frustum of a regular pyramid）凸面的面積，等於上底與下底周長之和，乘以側面梯形之高，再除以二。

乍聽下是錯的，實際上絲毫不差，我還會證明呢！

我沒有說過衣服的事吧？我有六件新的連身裙，每件都漂亮得不得了，而且統統是為了我買的，不是誰穿不下才施捨給我。你大概無法理解，這對孤兒來說，稱得上是人生高點。這全是托你的福，感謝你的大恩大德。念書固然是一大樂事，但什麼都比不上擁有六件新衣服，讓人感覺飄飄然。這些連身裙，是孤兒院視察委員會的普芮查德小姐挑的，謝天謝地不是李佩特院長。我來跟你介紹：一件是絲綢晚禮服，外面有一層粉色細紗棉布（我穿起來美若天仙），一件是穿去教堂的藍色連身裙，還有兩件是聚餐穿的，其中一件的布料是紅色絹紗，上頭鑲有東方色彩的花邊（我穿上去神似吉普賽人），另一件是玫瑰色輕薄洋裝。

至於最後兩件，是平常可以穿的灰色套裝，以及日常上課穿的連身裙。這些對朱麗亞・羅特勒奇・潘德爾頓而言，也許算不了什麼，但在潔露莎・艾伯特眼中——我的老天爺啊！

你現在一定在想，這野孩子也太膚淺了吧，花錢供她上學真是浪費！可是叔叔，要是你穿了棉質格紋衫一輩子，絕對會懂我的感受。何況上高中之後，我穿的衣服又更悲劇了。

統統從慈善箱來。

你都不知道穿這些可憐沒人要的衣服到學校上課，我有多害怕。我一定會好巧不巧坐到衣服原來的主人隔壁，而她絕對會在背後指指點點，跟別人一起偷偷笑我。想到自己身上穿的可能是哪個討厭鬼不要的衣服，這種苦楚便不斷侵蝕我的心。就算未來我可以穿高級長筒絲襪度過餘生，也無法抹除這個創傷。

最新戰況快報！

戰場消息

十一月十三日週四清晨，漢尼拔擊潰羅馬先鋒部隊，率領迦太基軍隊翻山越嶺，進入卡西利農平原（Casilinum）。迦太基底下的努米底亞士兵（Numidian）以一身輕便武裝，與羅馬獨裁官昆圖斯．法比烏斯．馬克西穆斯（Quintus Fabius Maximus）的步兵隊交戰。經過兩場戰役、幾次小規模衝突，羅馬軍慘遭擊退，損失慘重。

很榮幸為你在前線報導的特派記者

朱蒂．艾伯特敬上

附記：我知道自己不該奢望你回信，也被告誡過不要問問題煩你。但是，長腿叔叔，請就回我這麼一次。你是已屆古稀之年，還是年紀長一點而已？頭髮是全部掉光光，還是只有微禿？

你在我的腦中太模糊，好比抽象的幾何定理，很難具體想像。

一位個子高挑的富人，明明討厭女生，卻對沒規沒矩的女孩無比慷慨，這樣的人會是什麼模樣呢？
靜候回音。

十二月十九日

親愛的長腿叔叔：

你始終沒有回答我的問題，但這事關重大。

你到底有沒有禿頭？

我試著精細地畫出你的模樣，過程非常順利，但就差頭頂。畫到那裡，我就被難倒了。你的頭髮是黑是白，還是有幾撮灰髮，又或是大光頭，我實在無法判斷。

這是你的畫像：

所以問題是，我該畫些頭髮嗎？

你想知道眼睛的顏色嗎？是灰色的，眉毛有如門簷向外突出（小說會形容為雜亂的濃眉），嘴巴是一條兩邊下垂的直線。等等，我知道了，你一定是脾氣暴躁的老人家！

（教堂的鐘聲響了。）

・**晚上九點四十五分**

我給自己訂了一條鐵的紀律：打死也不能在晚上讀課內書，就算隔天早上有一堆考試也不行，能讀的只有課外書。我不得不這麼做，因為我過去的十八年是一片空白。

叔叔，你一定很難想像我無知到什麼地步，連我也是最近才明白自己有多孤陋寡聞。只要在普通家庭長大，有家人朋友，家裡有書房，大多數女孩自然會吸收很多知識，不像我腦袋空空如也。

舉例來說，我沒讀過《鵝媽媽》（*Mother Goose*）、《塊肉餘生記》（*David Copperfield*）、《撒克遜英雄傳》（*Ivanhoe*）、《灰姑娘》（*Cinderella*）、《藍鬍子》（*Blue Beard*）、《魯賓遜漂流記》（*Robinson Crusoe*）、《簡愛》（*Jane Eyre*）、《愛麗絲夢遊仙境》（*Alice's in Wonderland*），沒讀過魯德亞德・吉卜林[4]的書。我也不曉得亨利八世結婚好幾次，不知道雪萊[5]是詩人、人類的祖先是猴子，而伊甸園是個美麗的神話。

我不知道R・L・S是羅伯特・路易斯・史蒂文森[6]的英文縮寫，而喬治・艾略特[7]是女性。我連一張蒙娜麗莎的圖片都沒看過，甚至沒有聽過福爾摩斯（你大概不相信，但我是實話實說）。

現在我全知道了，還吸收了很多知識。不過，從這些例子，你大概能明白我有

---

4 魯德亞德・吉卜林（Rudyard Kipling）：英國作家。

5 雪萊（Shelley）：這裡指英國詩人珀西・比希・雪萊。

6 羅伯特・路易斯・史蒂文森（Robert Louis Stevenson）：英國作家。

7 喬治・艾略特（George Eliot）：英國小說家。

多少洞要補。但說真的，我非常享受，每天都很期待夜晚的到來。夜幕一落下，我就會把「忙碌中」的牌子掛到門上，換上舒服的紅色浴袍，穿上絨毛拖鞋，把抱枕全部放到沙發擺在身後，接著打開一旁的黃銅檯燈，開始埋頭啃書。一本不夠，一次要四本。我正在讀丁尼生[8]的詩、《浮華世界》（*Vanity Fair*）、吉卜林的《山中的平凡故事》（*Plain Tales*），還有一本你聽了可別笑，就是《小婦人》（*Little Women*）。

我發現我是全校唯一小時候沒有讀過《小婦人》的人，這件事暫且沒人知道（不然我十之八九會被貼上異類的標籤）。我悄悄買了一本，花掉上個月零用錢一．一二塊美金。下次再有人提起醃漬萊姆，我就懂她在說什麼了！

（十點的鐘聲響了。這封信三番兩次被打斷。）

8 丁尼生（Tennyson）：英國桂冠詩人。

・星期六

先生你好：

很榮幸向你報告最近幾何學的上課進度。上星期五我們決定中斷平行六面體的單元，直接進入斜截稜柱（truncated prism），學習過程非常崎嶇艱難。

・星期日

下星期是聖誕假期，行李在走廊上堆得亂七八糟，很難行走。每個人都洋溢著過節的喜悅，課業什麼的早就拋到九霄雲外。我也打算享受美好的假期時光。德州來的另一個大一生也會留在宿舍，我們說好要一起遠足，湖面結冰的話，就來學溜冰。除此之外，還有一整座圖書館等著我，有三個星期可以徜徉在書海！

掰掰，叔叔！希望你跟我一樣滿心歡喜。

你永遠的朱蒂敬上

附記：別忘了回覆我的問題。寫信太麻煩的話，請祕書先生打電報也沒關係，只要簡單說：

史密斯先生頭滿禿的

或是

史密斯先生沒有禿頭

或是

史密斯先生白髮蒼蒼

電報費二十五美分，你可以從我的零用錢扣除。

明年一月見，祝你聖誕快樂！

• 聖誕假期尾聲
確切日期未知

親愛的長腿叔叔：

你住的地方在下雪嗎？從宿舍望出去，世界一片冰天雪地，爆米花大小的雪花在空中飛舞。此刻是向晚時分，夕陽透著冷黃的暮色慢慢落下，一點一點沒入冰冷的藍紫色山丘背後。我正坐在窗邊的位子上，憑著最後一縷光給你寫信。

收到你的五枚金幣[9]真是又驚又喜！我不是很習慣收到聖誕禮物，何況你已經

9 當時流通的金幣面額有二·五美元、五美元、十美元、二十美元，原文並未指出面額為何。

給了我這麼多。我的全部都是你給的，如今再額外收到這份大禮，總覺得我沒有那個資格。不過，我還是很喜歡。想知道我用這些錢買了什麼嗎？

一、一只裝在皮盒裡的銀手錶。戴在手上，複習課包准不會遲到。

二、馬修．阿諾德[10]的詩。

三、一個熱水袋。

四、一條搭船用的毛毯（我的房間太冷了）。

五、五百張黃色稿紙（我的作家生涯即將展開）。

六、一本同義詞詞典（用來擴充寫作的詞彙量）。

七、（不是很想講最後這個，但我還是說吧。）一雙長筒絲襪。

這下叔叔你可不能說我瞞著你什麼了！

真要說的話，我買絲襪的動機不太高尚。每天晚上，朱麗亞．潘德爾頓會到我房間寫幾何學作業，穿著絲襪盤腿坐在沙發上。等著看吧，等她收假回來，我就穿著絲襪去她房間，一屁股坐到她的沙發上。叔叔，我的心真是黑到無可救藥——但至少我為人誠實。你心裡早就有底了吧？從孤兒院的檔案就能知道我不是完美無缺

---

10 馬修．阿諾德（Matthew Arnold）：英國詩人。

的孩子。

總而言之（英文老師常把這個詞掛在嘴邊），我萬分感謝你送我這七件禮物。我假裝它們是我在加利福尼亞州的親人裝箱後寄來的。爸爸送錶；媽媽送毯子；奶奶送熱水袋，因為她總是擔心我會在冬天感冒。弟弟哈利送稿紙；妹妹伊莎貝爾送絲襪；蘇珊阿姨送詩集；哈利舅舅送詞典（沒錯，弟弟繼承他的名字）。本來舅舅想送巧克力，但我堅持要同義詞詞典。

我家三代同堂，由你來當我全部的家人，你不會拒絕吧？該分享一下我的假期嗎？還是你只關心我的課業本身？希望你也能體會「本身」這個詞的微妙之處，這是我最近學到的。

上次說的德州女孩叫李歐諾菈・芬頓。（這名字的怪異程度跟潔露莎有得比，對吧？）我很喜歡她，不過我最喜歡的還是莎莉・麥可布萊德。我這輩子不可能再這麼喜歡一個人了——但是你除外，你代表我所有家人，所以永遠是我心中的第一位。天氣好的時候，我、李歐諾菈和兩個大二生會換上短裙和針織外套，頭戴一頂毛帽，一起在鄉間散步，拿著玩曲棍球的棍子沿路敲敲打打，探索附近一帶。有一次我們走了六公里多，到鎮上很受大學生歡迎的餐廳吃飯，享用要價三十五美分的鮮烤龍蝦，以及十五美分的楓糖蕎麥蛋糕，營養又便宜。

大家玩得不亦樂乎，而且對我來說更是如此。這裡跟孤兒院簡直是兩個世界。每次走出校園，我都覺得自己像越獄的逃犯，常常沒經過大腦就張口要說以前的事，孤兒院的祕密差點說溜嘴。幸好話一到嘴邊，我就趕緊閉上嘴巴，把祕密吞回去。不能把所思所想告訴別人，真的太難了，更何況我天生直爽，要是沒有你讓我傾訴，我一定會憋死。

上星期五晚上，佛格森宿舍的舍監舉辦做糖果的拉糖蜜活動，邀請其他棟宿舍的同學參加，讓沒回家過節的人一起同樂。那天共有二十二名學生，大一到大四和樂融融聚在一起。廚房非常大，石牆上掛著一排排銅製的鍋碗瓢盆，最小的雙耳鍋幾乎和用來洗衣服的煮衣鍋[11]一樣大。佛格森宿舍的四百個學生，就是靠這些鍋子餵飽的。大廚頭頂白帽，身穿白色圍裙，不知從哪裡又生出二十二套白帽白圍裙，這數量可不小。大家穿上後，搖身變成一個個小廚師。

活動好玩極了，不過糖果就做得差強人意。完成後，每個人身上都黏糊糊的，廚房各處和門把也被糖蜜沾得都是。儘管如此，大家還是戴著白帽、繫著圍裙排成一列，當中有人拿大叉子，有人拿大湯匙，還有人端平底鍋，一群人浩浩蕩蕩穿

---

11 煮衣鍋（wash boiler）：早期會使用大鍋爐燒熱水洗衣服。

過空無一人的走廊，大步邁向教職員休息室。雖然休息室裡的六位教授和講師正沉浸在寧靜的夜色，但我們這些學生為了表達對師長的景仰，決定放聲演唱校歌，並奉上茶點糖果。那些老師也只能不失禮貌地接受，言行間透著一絲猶豫。我們離開的時候，老師們一臉錯愕地吃著一塊塊黏牙的糖果，沒有人說話。

看吧，叔叔，我在學校的收穫真多！

你不覺得比起當作家，我更適合當畫家嗎？

兩天後就要開學了，我很開心能再見到同學。一個人待在寢室實在有點寂寞。整棟四百人的宿舍只有九個人住，真的太大太冷清。

回過神來才發現，我竟然已經寫了這麼多頁。可憐的叔叔，你一定讀得很累！本來只想寫封簡短的感謝信，殊不知一下筆就停不了。

再見，謝謝你把我放在心上。照理說，我應該要開心到飛上天，但天邊有一小片烏雲不斷朝我逼近──二月就要考試了。

愛你的朱蒂敬上

附記：說愛你也許不太恰當，如果是這樣，還請見諒。我總得找個人來愛，但能選的只有你和李佩特院長，所以親愛的長腿叔叔，你只能忍耐一下了，我實在沒辦法愛院長。

•考試前夕

親愛的長腿叔叔：

我們學校學生的用功程度不是鬧著玩的！之前放假的美好時光，大家早就忘得一乾二淨。

過去四天內，我背了五十七個不規則動詞，但願考試前我一個都不會忘。

有的同學修完課會把課本賣掉，但我想全部留下。這樣一來，我讀過的書，在畢業後可以一字排開放在書架上，需要時隨時都能查閱，任何細節都不會漏掉。這比用頭腦記下所有東西來得容易，也準確多了。

今天晚上，朱麗亞．潘德爾頓到我房間串門子，待了整整一個小時。她劈頭就聊家族背景，我想盡辦法打斷她，可她依舊講個不停，還想知道我母親婚前的姓氏[12]。你聽過這麼滑稽的事嗎，竟然問無父無母的孤兒這種問題？但是我沒有勇氣

12 舊時的美國女性婚後常從夫姓。

說不知道，只好可憐兮兮說出我腦中冒出的第一個姓氏——蒙哥馬利。後來她又追問我是哪裡的蒙哥馬利家族，是麻薩諸塞州的，還是維吉尼亞州的。

她的母親姓羅瑟福德，這個家族最早是搭方舟來美洲，還曾經與亨利八世聯姻。她父親那邊的家族更古老，比亞當還要早出現。而朱麗亞家族譜最頂端的一支，是一群優越高貴的猴子，不僅尾巴比一般猴子還長，毛髮還柔順到發亮。

今晚本來想寫封妙趣橫生的信，可是我的眼皮越來越重，心裡還有揮之不去的擔憂。

大一生真難當啊！

大考將至的朱蒂・艾伯特敬上

・星期日

親愛的長腿叔叔：

我有個天大的壞消息，但在告訴你之前，我想先讓你開心一點。

潔露莎・艾伯特展開了她的作家生涯。我寫了一首叫〈宿舍遠望〉的詩，登上校刊《月報》的二月號，而且竟然是刊登在頭版。

這對大一生來說，可是莫大殊榮。昨晚離開教堂時，英文老師叫住我，稱讚我的詩寫得很扣人心弦，美中不足的是第六行的音步[13]太多。不知道你想不想讀，總之我會寄一份過去。

讓我想想還有什麼好事發生，有了，這個！我最近在學溜冰，現在就算旁邊沒有人指導，也能溜得很好。我還學會從體育館的屋頂順著繩子滑下來，撐手跳的成績也有一・一公尺高，希望不久後能破一・二公尺。

13 音步由重讀音和輕讀音組成，是英詩的韻律基礎。

今天早上，阿拉巴馬州的主教來學校講道，聽完後我感觸良多。他講述的經文是：「你們不要論斷人，免得你們被論斷。」[14]意思是要寬恕別人的過錯，不要嚴厲批評他人，令別人灰心喪志。

真希望你也有聽到今天的講道。

下午的陽光燦爛奪目，冷杉上的冰柱滴下一顆顆小水珠，整片大地覆蓋上一層白皚皚的雪，而天地間只有我的心蒙上一層憂傷。

該面對壞消息了！朱蒂，鼓起勇氣，妳非說不可。

你現在心情是**真的真的**很好嗎？我把數學和拉丁文考壞了。因為我這兩科不及格，所以現在在接受輔導，準備下個月補考。對不起讓你失望了，但如果你不這麼覺得，老實說我對考試考壞毫不在意，因為我從課外書學到了很多。我讀了十七本小說和**一大堆**詩，包括《浮華世界》、《理察·費佛洛的嚴酷考驗》（*Richard Feverel*）、《愛麗絲夢遊仙境》等必讀小說，還有愛默生[15]的《散文集》

14 出自《馬太福音》第七章第一節。

15 愛默生（Emerson）：美國思想家。

（*Essays*）、羅克哈特[16]的《華特．史考特爵士的生平》（*Life of Scott*）、吉朋[17]的《羅馬帝國衰亡史》（*Roman Empire*）第一卷，本韋努托．切里尼[18]的自傳我也讀了一半。切里尼曾經一大早出門閒逛，隨便殺個人再回家吃早餐，你說他是不是很有意思？

所以說啊，叔叔，要是我只會死記硬背拉丁文，反而會變成井底之蛙。我保證再也不會考不及格，這次可以先原諒我嗎？

懺悔中的朱蒂敬上

16 羅克哈特（Lockhart）：蘇格蘭作家。
17 吉朋（Gibbon）：英國史學家。
18 本韋努托．切里尼（Benvenuto Cellini）：義大利文藝復興時期藝術家。

本月大事

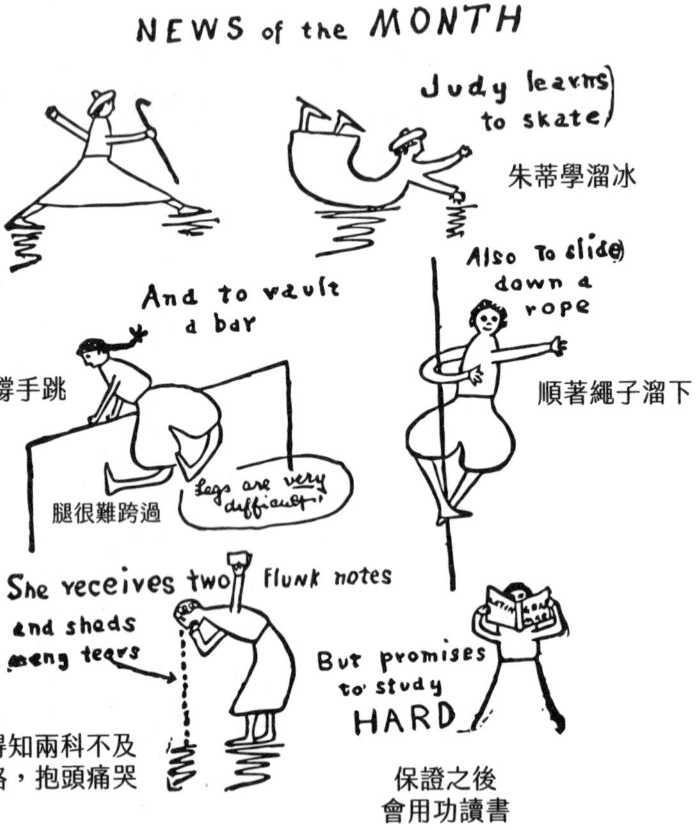
NEWS of the MONTH
Judy learns to skate
朱蒂學溜冰
And to vault a bar
撐手跳
Legs are very difficult!
腿很難跨過
Also to slide down a rope
順著繩子溜下
She receives two flunk notes and sheds meny tears
得知兩科不及格，抱頭痛哭
But promises to study HARD
保證之後會用功讀書

親愛的長腿叔叔：

因為今天晚上有點寂寞，所以在月中另外寫了這封信。外頭刮著暴風雪，大雪不斷拍打著宿舍。校園裡的燈都熄了，可是我喝了黑咖啡，沒有半點睡意。

今天晚上我邀請莎莉、朱麗亞和李歐諾菈・芬頓來吃晚餐，準備了沙丁魚、烤馬芬、沙拉、牛奶軟糖和咖啡。朱麗亞說她玩得很開心就走了，不像莎莉留下來幫忙洗碗。

我本來可以利用今晚讀一下拉丁文，但是說真的，一想到這個語言，我整個人就提不起勁。學校教完了李維[19]和《論老年》（*De Senectute*），現在在教《論友誼》（*De Amicitia*）（這書名的拉丁文發音讀起來像「可惡的依西西亞」〔Damn Icitia〕）。

你介意假扮我奶奶一陣子嗎？莎莉還有一位奶奶在世，朱麗亞和李歐諾菈的奶

19 李維（Livy）：羅馬史學家。

奶奶都還健在。她們晚上在比誰的奶奶更棒。我也好想要有奶奶，而且想得不得了，祖孫之情實在是可敬可佩。我昨天在鎮上看到一頂非常漂亮的蕾絲帽，上面綁了淡紫色的緞帶。如果你不反對，我打算把它送給你，當作你八十三歲的生日禮物。

！！！！！！！！！！！！

教堂的午夜鐘聲響了，睡意終於慢慢湧上。

晚安，奶奶。

非常愛你的朱蒂敬上

三月十五日

親愛的長腿叔叔：

我正在讀拉丁文的寫作法。最近我很認真在念這個科目，之後幾天也必須這樣，不過這一切很快就會結束。補考在下星期二第七節課，要是沒有及格，就等著被**當掉**。下次你收到我的信，就知道我是平平安安、笑著脫離不及格的苦海，還是整個人崩潰。

考試結束後，我會再好好寫封信。今晚我得先跟拉丁文的獨立奪格（ablative absolute）奮戰。

看起來很匆忙的朱蒂敬上

三月二十六日

長腿叔叔史密斯先生：

我說先生你，到現在都不回答我的問題，對我做的事也漠不關心。孤兒院的董事已經夠討人厭了，而你大概是裡面最討厭的一個。我能上大學，才不是因為你真心關心我。你不過是受到一種「義務感」的驅使罷了。

我對你一無所知，連名字都不知道。寫信給沒有生命的東西，真的無聊至極。這些信你一定連讀都沒讀，就直接扔進垃圾桶。所以從今以後，除了課業，其他事我一概不提了。

拉丁文和幾何學的補考結果在上星期出來了。兩科都及格，脫離險境。

實話實說的潔露莎．艾伯特敬上

四月二日

親愛的長腿叔叔：

我簡直是**禽獸不如**。

請忘了上星期那封喪盡天良的信。寫信那晚我寂寞難耐，還是隻喉嚨痛到不行的可憐蟲。當時我不知道自己得了扁桃腺炎和流感，雜七雜八的症狀全找上我。我已經在學校的病床躺了整整六天，這裡的護士長**很霸道**，直到今天他們才願意讓我坐起來拿筆寫信。但無論如何，這段時間我一直在想那封信。沒有得到你的原諒，恐怕這病是好不了了。

我畫了自己現在的模樣，頭上綁了一圈繃帶，頂端打了個大結，就像長了兔耳朵。

你不覺得我很值得同情嗎？我的舌下腺腫起來了。上了一年的生理學，我竟然沒有聽過舌下腺，教育真是沒用！

我沒辦法再寫了，坐太久全身就開始發抖。請原諒我出言不遜又忘恩負義，我小時候教養不好。

愛你的朱蒂．艾伯特敬上

四月四日
校內醫院

最親愛的長腿叔叔：

昨天黃昏，我坐在病床上，看著窗外下著雨，覺得待在大醫院的生活索然無味。這時有位護士拿給我一個長長的白色盒子，裡面裝滿了粉色的玫瑰花苞，非常迷人可愛。更令人雀躍的是，裡頭還有一張卡片，用詞彬彬有禮，而且字體很有趣，每個字都往左邊微微傾斜，很有個性。謝謝你，叔叔，我怎麼謝都不夠。這些花，是我有生以來第一次收到飽含真心的禮物。我就像小嬰兒，躺在床上大哭特哭，開心到淚流不止。

現在我已經確定你讀了這些信，之後我會寫得更有趣，讓你想用紅緞帶把它們綑起來，放進保險櫃珍藏——但請務必把喪盡天良的那封拿出來燒掉，我不希望你再讀到它。

謝謝你照亮了病懨懨又脾氣暴躁的可憐大一生。也許你有很多很愛你的家人朋友，不懂孤孤單單活在世上的感覺，但我很清楚。

下回見，我保證不會再當討厭鬼，因為現在我知道你是有血有肉的人，我也不會再問問題煩你了。

你還討厭女生嗎？

你永遠的朱蒂敬上

·星期一第八節課

親愛的長腿叔叔：

希望你不是屁股坐到蟾蜍的那位董事。聽說當時是「砰」的一聲爆開，應該是比你還胖的董事坐到的吧？

你記得約翰．葛里爾之家洗衣房的窗戶旁邊有很多小洞嗎？就是那些用格柵擋住的洞。春天裡，蟾蜍現身的時候，我們常常會去抓蟾蜍，再放到窗邊的洞裡。有時候牠們會跳到洗衣房，引起一陣騷動，逗得大家哈哈大笑。雖然之後我們常常被罰得很慘，但就算罵得再凶，我們還是照樣去抓。

細節就不贅述了，總之有一天，一隻肥嫩多汁的超級大蟾蜍，不知從哪裡冒出來，竟然出現在董事的會議室大皮椅上。那天下午在會議上——這邊我就不說了，你當時在現場，一定忘不了後續發生的事，對吧？

現在冷靜下來回頭看，懲罰的確是應該的，而且如果我沒記錯，罰得也夠狠了。

不知道我為什麼突然這麼懷舊，也許是春天到了，蟾蜍一隻隻出現，喚起我過去愛抓牠們的本能。大學沒有抓蟾蜍禁令，而既然沒有人禁止，我也沒理由再去抓。

‧星期四，禮拜結束後

猜猜我最愛哪本書？我問的是現在喔，我三天就會換一本。答案是艾蜜莉‧勃朗特（Emily Brontë）的《咆哮山莊》（*Wuthering Heights*）。作者年紀輕輕就寫了這本書，但她不僅從來沒有踏出英國哈沃斯（Haworth）教區，從小到大還一個男生都不認識，到底怎麼有辦法創造出像希斯克利夫（Heathcliffe）這樣的男主角？

我也很年輕，而且也沒有離開過約翰‧葛里爾之家，可就算該有的條件都有了，我還是寫不出來。有時候我很害怕自己缺乏天賦。叔叔，萬一我沒有成為傑出的作家，你會對我失望透頂嗎？每當春回大地，世界是那麼美好，草地綠油油，萬物生機勃勃，我多麼想丟下書本，跑出去跟大自然玩耍。外頭有數不清的冒險在等著我呢！比起寫書，活得像書一樣精采才更有趣。

啊！！！！！！

聽到這聲慘叫，莎莉和朱麗亞跑了過來，連那位討厭的大四學姐也從走廊另一頭出來了。全都是下圖這條蜈蚣害的。

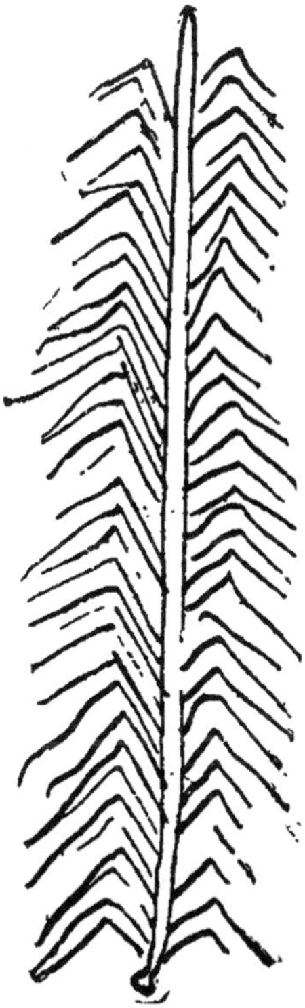

現場看更噁心。我剛寫完上一句，還在斟酌下一句的時候，「啪」的一聲，牠竟然從天花板掉到我旁邊！我拔腿就跑，打翻了茶桌上的兩個杯子。莎莉用我梳子的背面猛打牠，弄死了前半截，後半截居然用剩下的五十對腳逃到櫃子下面不見了。至於那把梳子，我是不敢再用了。

這棟宿舍歷史悠久，外牆爬滿常春藤，到處都藏著蜈蚣。真是恐怖的生物。我寧可床下藏的是老虎，也不要是蜈蚣。

・星期五晚上九點半

今天衰事連連！早上沒聽到起床的鐘聲，急急忙忙換衣服時又把鞋帶扯斷，領口的釦子還從脖子掉進衣服裡。早餐太晚吃，連帶第一節複習課也遲到。上課時鋼筆漏水，偏偏忘記帶吸墨紙。上三角函數時，我為了一個對數的小問題，跟教授爭了半天，結果一查，發現教授是對的。午餐是燉羊肉和大黃菜，兩個我都不愛，吃起來像孤兒院的食物。打開信箱，裡頭只有帳單（但老實說，我也沒收過別的東西，我的家人不愛寫信）。下午的英文課突然改成寫作課，教材是這個：

我只求這個東西，
卻遭到拒絕。
我說願意用生命交換，
全能的商人笑了。

「巴西呢？」商人玩著鈕釦，

看都不看我一眼說：

「但是，夫人，難道今天沒有其他想看的嗎？」[20]

這是一首詩，我不知道作者，也不明白它的意思。大家走進教室，就看到它寫在黑板上。老師請大家評析這個作品。原本讀完第一節，我有了些頭緒，覺得全能的商人應該是位神祇，專門賜福給行善之人。然而，讀到第二節，那位商人竟然在玩鈕釦，這下子我先前的猜想似乎有些褻瀆神靈，所以趕緊打消原本的想法。班上其他同學也陷入同樣的窘況，結果全班就盯著桌上那張白紙，腦袋一片空白，呆坐了四十五分鐘。

上學真是累到不行！

這天還沒結束，更倒楣的事還在後頭。

今天雨下太大，打不了高爾夫，只能到體育館活動。我的手肘被一旁練體操棒的女生狠狠打了一下。回到宿舍，我水藍色的春裝寄來了，但試穿之後，發現裙子

---

20 出自美國詩人艾蜜莉．狄金生的〈我只求這個東西〉（I asked no other thing）。

緊到沒辦法坐下。星期五是打掃日，清潔女工把我桌上的紙弄得一團亂。晚餐的甜點是一塊像墓碑那樣紮實的香草牛奶凍。今天在教堂多待了二十分鐘，只為了聽怎麼當守婦道的女性。就在我好不容易坐下來喘口氣，翻開小說《一位女士的畫像》（*The Portrait of a Lady*）慰勞自己時，拉丁文課的同學艾可莉卻跑來找我。艾可莉生性膽小，人又無聊，說話還結結巴巴，傻呼呼的。我們的姓氏都是「艾」開頭，所以老師把我和她的座位排在一起。我多麼希望李佩特院長幫我取別的名字，讓我離她越遠愈好。

言歸正傳，她跑來問我星期一的課是從第六十九段還是第七十段開始上，就這樣硬待了**一個小時**，直到剛剛才離開。

你有聽過這樣一連串的衰事嗎？

人生不是在大難臨頭的時候，才需要堅定意志。只要鼓足勇氣，誰都有辦法挺身面對危機，戰勝人生的不幸。可是，要笑著面對生活中有的沒的鳥事，真的需要**百折不撓的精神**。

而這種精神正是我將來想培養的。

把人生當作一場遊戲，盡可能練就一身好功夫，光明正大通過一道道難關。贏也好，輸也罷，我都會聳聳肩，一笑置之。

總而言之，我要當一個心胸豁達的人。親愛的長腿叔叔，我不會再因為朱麗亞穿長筒絲襪，或是蜈蚣從天而降而怨東怨西了。

請盡早回信。

你永遠的朱蒂敬上

五月二十七日

長腿叔叔鈞鑒：

尊敬的先生，我今天收到李佩特院長來信。她希望我在這裡表現品學兼優，並且表示反正我暑假應該無處可去，她願意讓我回孤兒院打工換宿，待到大學開學。

我痛恨約翰．葛里爾之家。

死也不要回去。

你最誠實的潔露莎．艾伯特敬上

親愛的長腿叔叔：

Bonjour，叔叔您人真好！

我從來沒有去過農莊，能去看看真的很開心。我一點也不想回約翰・葛里爾之家洗一整個夏天的碗。回去的話，十之八九會有慘事發生，因為我已經不像以前只會忍氣吞聲。說不定哪天情緒爆發，我會把院裡的碗盤砸個稀巴爛。

很抱歉這次只能寫到這邊，沒辦法再多說些近況。我在上法文課，很怕老師等一下會點我起來。

他果然點了！

再見。

敬愛您的朱蒂敬上[21]

21 編注：此信以英、法文夾雜寫成，信內的楷體字原以法文書寫。

五月三十日

親愛的長腿叔叔：

你是不是沒有看過我們校園？（這是反詰句，不用回答，也不必在意。）五月的時候，這裡是人間仙境。灌木叢花團錦簇，樹上長滿翠綠的嫩葉，連老松樹也生意盎然。草地上點綴著黃色蒲公英，好幾百個女孩穿著或藍或白或粉的衣服在上面嬉戲，每個人都無憂無慮，笑開了花。大家殷切期盼的暑假近在眼前，考試什麼的早就不管了。

這個時節誰都會感到快活吧？而且啊，叔叔，我是當中最快樂的！我已經脫離孤兒院，不用再當保母，也不必再幫人打字或記帳（要不是有叔叔你，我一定還在做這些事）。

我以前不該做那些壞事，對不起。

我不該對李佩特院長沒大沒小，對不起。

我不該打孤兒院的弗雷迪·柏金斯，對不起。

我不該把鹽巴裝在糖罐，對不起。

我不該在董事背後做鬼臉，對不起。

從今以後我會改過向善，對每個人都一樣親切友善，因為我真的太開心了。這個夏天我會拚命寫作，努力成為傑出的作家。這個態度很值得嘉許吧？天啊，我人真的越來越好了！雖然有時風有時雨，難免會意志消沉，但在陽光的照耀下，馬上就能成長茁壯。

人人都是這樣長大的。別人說歷經逆境、憂傷和失望，才能促發一個人向上向善，但我不相信這種說法。我認為唯有開心的人才會散發善的光芒。我不相信那些厭世的人，叔叔你不厭世吧？（最近學到「厭世」這個詞，真不錯！）

我來介紹我們校園，希望有天你能來參觀，到時候我會帶你四處走走，然後告訴你：

「這是圖書館。這是煤氣廠。親愛的叔叔，左邊哥德式的建築是體育館，旁邊結合都鐸式、羅馬式的建築是新蓋的校內醫院。」

我很會介紹環境喔，這是我在孤兒院從小做到大的事。今天我就帶別人逛了一整天的校園，是真的，沒有騙人。

而且還是一位男士！

整個過程非常愉快，而這是我第一次跟成年男性說話（偶爾跟董事講話不算）。不好意思，叔叔，我說董事的壞話，不是想傷你的心。你在我心中跟他們是兩類人，你只是剛好當上董事罷了。那些胖嘟嘟的董事表面上慈眉善目，實際上自大到不行。他們總是戴著金懷錶，伸出手拍小朋友的頭。看上去像金龜子。除了你，所有董事都長這樣。

言歸正傳。

我跟那位男士一邊散步、一邊聊天，還一起喝了茶。他出身不凡，用一句話來介紹的話，他是朱麗亞的叔叔賈維斯．潘德爾頓（再多說一句的話，我覺得他跟你一樣高）。他到鎮上出差，順便來學校探望姪女。

雖然他是朱麗亞爸爸最小的弟弟，但朱麗亞跟他很生疏，感覺就像朱麗亞還是小嬰兒時，這位叔叔看了她一眼，覺得沒什麼好感，從此放生她。

儘管如此，他還是來了，端端正正坐在會客室，把帽子、手杖和手套放在一旁。朱麗亞和莎莉第七節要上複習課，沒辦法抽身。事發突然，朱麗亞只好衝進我房間，拜託我帶她叔叔參觀校園，等下課後再帶叔叔去找她。儘管我對潘德爾頓家沒有多大好感，但出於禮貌，我還是淡淡說了一句「我願意幫忙」。

意外的是，他為人和藹可親，是個有血有肉的人，一點都不像出身自潘德爾頓家。我們相處的時光很愉快，令我打從心底想要有一個真正的叔叔。你介意當我真正的叔叔嗎？我覺得叔叔比奶奶更棒。

我在潘德爾頓先生身上看到你二十年前的影子。看吧，雖然我們素未謀面，但我很瞭解你。

那位先生高高瘦瘦的，黝黑的臉滿是細紋。最有趣的是他從來不會真的笑給你看，只會微微揚起嘴角。還有一點是他有辦法讓人覺得一見如故，相處起來非常自在。

我們從四方形的庭院走到操場，繞遍了校園。後來他說走累了，提議沿著松林小徑到學校旁邊的小店喝茶。我表示應該要回去跟朱麗亞和莎莉會合，但潘德爾頓先生直言他不喜歡給他的姪女們喝太多茶，因為她們會變得很神經質。最後我們自己去了那間店，坐在露臺上喝茶，漂亮的小桌子上擺了馬芬、柑橘果醬、冰淇淋和小蛋糕。因為現在是月底，大家零用錢已經花得差不多，因此店裡客人很少。
我們聊得非常盡興，可惜一回到學校，他匆匆見朱麗亞一面之後，就必須去趕火車。朱麗亞對我大發脾氣，說我怎麼可以把她叔叔帶出去。看來，潘德爾頓先生是位超級大富豪，還是個人見人愛的叔叔。知道他很有錢，讓我鬆了口氣，因為剛剛的茶和點心可不便宜，每樣六十美分。
今天星期一，早上有快遞送來三盒巧克力給我們三個女生。我竟然收到成年男性送的巧克力，叔叔你怎麼想？
我漸漸覺得自己不是孤兒而是女孩子了。
希望你有天也能來喝杯茶，讓我看看你是不是我喜歡的那類人。但萬一不是，豈不就太糟糕了？不過呢，我相信我會喜歡你的。
就這樣吧，向你致意。

永遠不會忘記你的朱蒂敬上

附記：今天一早照鏡子，發現臉上長了新酒窩，以前真的沒有看到。真奇怪，到底是從哪裡來的？

六月九日

親愛的長腿叔叔：

今天太開心了！期末考最後一科生理學總算在剛剛結束，接下來就是三個月的農莊生活啦！

我對農莊毫無概念，從小到大一個都沒去過，連看也沒認真看過（只有坐車時經過幾次）。不過我想我一定會很喜歡農莊，也會很享受**自由自在**的生活。

我到現在依舊不太習慣孤兒院外的世界。一想到我已經離開那裡，一顆心就興奮地怦怦跳，但又覺得背脊陣陣發涼，彷彿李佩特院長就在我身後，想伸手把我抓回去，而我只能死命狂奔，隨時回頭確定她沒有追上。

這個夏天我應該不用顧忌誰吧？

叔叔你是個有名無實的存在，根本嚇不了我，而且我們相距太遙遠，你也動不到我。

至於李佩特院長，她在我心中早已死去。而農莊的桑普爾夫婦總不可能監督我品行端不端正吧？那是不可能的，我已經長大成人了，萬歲！

先寫到這裡，我得去收拾行李，把茶壺、盤子、抱枕和書分裝到三個箱子，再帶一個大行李箱過去。

你永遠的朱蒂敬上

附記：隨信附上我的生理學考卷。你有辦法考過嗎？

・星期六晚上

羅克威洛農莊（Lock Willow Farm）

最親愛的長腿叔叔：

我剛到，行李還沒整理，已經等不及告訴你我有多愛農莊了。

說這裡是**世外桃源**一點也不為過！房子四四方方，就像下面這張圖裡的樣子：

而且它非常**老**，屋齡有一百年上下。前門門廊很漂亮，側面還有個露臺，但我畫不出來。這幅畫畫得不好，實際的景色美多了。那些像雞毛撢子的東西是楓樹，車道兩旁帶刺的是沙沙作響的松樹和鐵杉。房子坐落在山頂，放眼望去，綠油油的草地一路延伸到遠處綿延的山丘。

康乃狄克州的地形像在大地上燙出波浪捲的髮型，羅克威洛農莊正好在浪峰上。以前穀倉蓋在對街，很煞風景，後來一道閃電從天而降，很識相地把它燒毀。

農莊有桑普爾夫婦、一個女傭和兩名男工。女傭

和男工在廚房吃飯，桑普爾夫婦和朱蒂則在飯廳用餐。晚餐有火腿、煎蛋、比司吉、蜂蜜、果凍蛋糕、派、醃黃瓜、起司和茶。

我們邊吃邊聊，非常盡興。不管我說什麼，他們都會哈哈大笑。真沒想到我人這麼幽默。我猜這是因為我沒住過鄉村，所以提出的問題全都蠢到不行。

那張房舍圖裡打叉的房間不是命案現場，而是我的房間，裡頭格局方正，空間寬敞，家具古色古香。它的窗戶必須用棍子撐開，鑲金邊的綠色薄窗簾一碰就會落下。房內擺了一張很大的方形桃花心木桌。今年夏天我會認真在桌上埋頭寫小說。

天啊，叔叔，我太期待了，等不及明天一早出門探險。現在是晚上八點半，我準備吹熄蠟燭，趕緊入睡，明天早上五點起床。

你能懂這種快樂嗎？真不敢相信朱蒂能過上這樣的生活。你和上帝給我太多太多，我一定要當一個很好很好的人來報恩。我絕對會的，拭目以待吧！

晚安。

朱蒂敬上

附記：真想讓你聽聽青蛙的歌聲和小豬的叫聲，也想讓你看看這裡的月亮。從我的右手邊看上去，就能見到那彎彎的明月呢！

七月十二日
羅克威洛農莊

親愛的長腿叔叔：

你的祕書怎麼知道羅克威洛農莊？（這不是反詰句，我真的非常好奇。）跟你說喔，朱麗亞的叔叔賈維斯．潘德爾頓先生是農莊的前主人，桑普爾太太是他的奶媽，現在潘德爾頓先生把農莊送給了桑普爾太太。這個巧合也未免太神奇了吧！桑普爾太太到現在還稱潘德爾頓先生為「賈維少爺」，經常說少爺小時候非常可愛。她甚至把潘德爾頓先生嬰兒時期的頭髮，收進盒子裡珍藏。那一小撮頭髮是紅色的，但也不是很紅，只是略帶紅色。

自從桑普爾太太知道我認識潘德爾頓先生，她對我的好感瞬間倍增。看來想在羅克威洛農莊過上好生活，就要介紹自己認識潘德爾頓家的人，而賈維少爺絕對是這個家族的骨幹。

想到朱麗亞一家位居比較下層的一支，我就想偷笑。

農莊生活越來越有趣，比如我昨天坐上了一輛載乾草的馬車。這裡有三隻大豬，九隻小豬，看牠們吃飯真好玩，食量**跟豬一樣**！

農莊裡還養了數不清的小雞、鴨子、火雞和珠雞。那些本來能住在農莊的人，一定是想不開才跑去大城市住。

我每天的工作是撿雞蛋。昨天我在穀倉的閣樓，發現黑母雞把窩移到梁柱上，於是我爬上了梁柱，不料卻摔下來，把膝蓋擦破皮。桑普爾太太用可以治療傷口的植物金縷梅幫我包紮，一邊包、一邊喃喃說：「天啊！賈維少爺也從同一根梁柱摔下來過，也是這隻腳的膝蓋破皮，一切恍如昨日。」

這裡風光秀麗，有山谷溪流，鬱鬱蔥蔥的山丘綿延不絕。遠方有一座巍峨的青山，令人心曠神怡。

農莊每週做兩次奶油[22]。我們平時會把製作奶油的鮮奶油貯藏在小石屋裡，屋子下方有溪流通過，可以當作冷藏室。附近有的農夫會用脫脂器分離牛奶和鮮奶油，不過我們不喜歡那些新玩意兒，所以現在還是用鍋子裝牛奶，讓鮮奶油慢慢浮到上層。雖然這麼做難度比較高，但品質很好，非常值得。

22 奶油的其中一種做法是先將牛奶低溫冷藏，讓鮮奶油浮到上層，接著將鮮奶油撈起，快速攪拌鮮奶油後即得奶油。

農莊有六頭小牛，我幫牠們取名如下：

第一頭叫希爾維亞（Sylvia），名字源自拉丁文的森林，因為牠在樹林出生。

第二頭叫萊斯比亞（Lesbia），取自卡圖盧斯[23]詩作中的萊斯比亞。

第三頭叫莎莉。

第四頭叫朱麗亞，身上長著斑點，平凡無奇。

第五頭叫朱蒂，跟我同名。

第六頭叫長腿叔叔。

你不介意吧？牠是純種的澤西牛，性情溫和，長得像下面的圖裡那樣，腿長長的。我名字取得真好！

我還沒有時間寫我的曠世巨作，這裡的生活太忙碌了。

你永遠的朱蒂敬上

23 卡圖盧斯（Catullus）：古羅馬詩人。

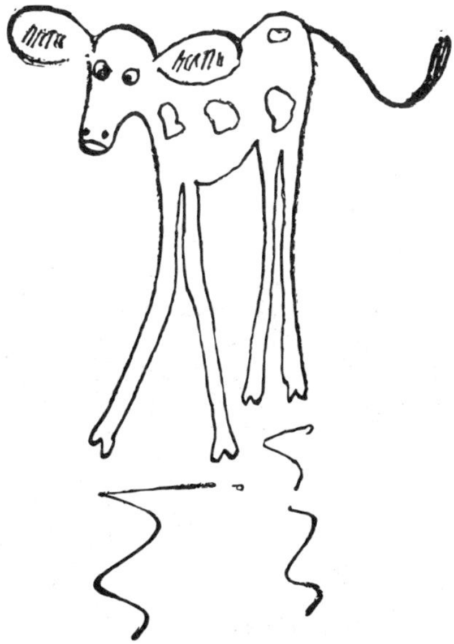

附記一：我會做甜甜圈了。

附記二：想養雞的話，我推薦淺黃奧平頓雞，牠們不太長新毛，脾氣比較好[24]。

附記三：希望可以寄一塊我昨天做的新鮮奶油給你。我擠奶和做奶油的功夫可是一流的呢！

附記四：最後附上未來大作家潔露莎．艾伯特趕牛回家的圖。

24 雞長新毛時會變得非常敏感。

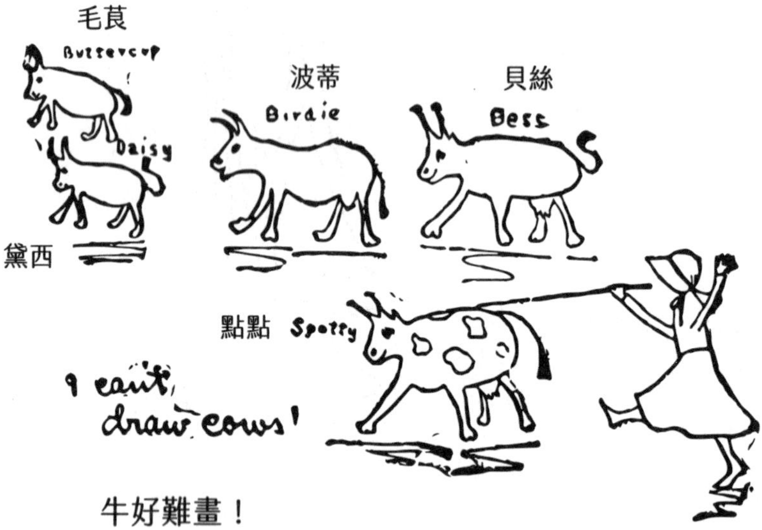
毛茛
Buttercup
Daisy
黛西
波蒂
Birdie
貝絲
Bess
點點
Spotty
I can't draw cows!
牛好難畫！

•星期日

親愛的長腿叔叔：

跟你說一件趣事，昨天下午寫信給你時，我才寫完開頭「親愛的長腿叔叔」，就想起剛剛答應要去採黑莓，當作晚餐的食材。於是，我把紙筆留在桌上，趕緊跑了出去。結果今天要接下去寫的時候，你猜我在信紙中央發現什麼？一隻活脫脫的長腳蜘蛛！

我輕輕抓起牠的一隻腳，把牠放到窗外。我絕對不會傷害這些蜘蛛，看到牠們我就想到你。

今天早上我們搭馬車到小鎮中心的教堂。這座可愛的白色教堂小小的，頂端有個尖塔，前面有三根多利克式柱子（還是是愛奧尼亞式？我每次都會搞混）。

牧師講道時，大家昏昏欲睡，有氣無力地拿著棕櫚葉扇子搧啊搧。除了牧師的聲音，只聽得見外頭樹上蟬聲嗚嗚。我打了整場的瞌睡，直到迷迷糊糊站起來唱聖歌，才醒了過來。我一邊唱、一邊後悔剛才沒有認真聽講。真想知道選這首聖歌的人，頭腦到底在想什麼。歌詞如下：

來吧，拋下塵世的娛樂與嬉戲，
與我共享天上的喜樂。
否則，親愛的朋友，永別了，
我將任你墜入地獄。

跟桑普爾夫婦聊宗教不是明智的選擇，他們的神心胸狹窄、不明事理、不公不義、尖酸刻薄、報復心強又冥頑不靈（他們說是從清教徒祖先那裡原封不動繼承下來的）。謝天謝地，我不用繼承誰的神，可以照自己的意思自由創造一個。我的神善良又慈悲，擁有無窮創造力，懂得寬恕又善解人意，而且幽默感十足。

我非常喜歡桑普爾夫婦，他們的一言一行比信仰的教義還高尚，待人處事勝過他們心中的神。我把這些話告訴他們，結果夫妻倆大驚失色，非常惶恐，覺得我在褻瀆神，但明明他們才是！從此以後，我們再也不聊神的話題。

現在是星期日下午。農莊的男工阿馬賽和女傭佳莉剛才駕著馬車走了。今天阿馬賽刮了鬍子，打上紫色領帶，戴著亮黃色的鹿皮手套。他洗了一個上午的馬車，臉曬得紅通通的。佳莉戴著以紅玫瑰裝飾的大帽子，穿著藍色薄棉布連身裙，還弄了一頭非常小捲的捲髮。她假借要準備午餐的名義，沒辦法去教堂，但其實她在燙自己的連身裙。

再寫兩分鐘，等這封信完成，我就要來讀在閣樓找到的書，書名叫《在小徑上》（*On the Trail*），翻到扉頁可以看到小少爺留了一段話，字跡潦草又可愛。

賈維斯．潘德爾頓

要是這本書搞失蹤，

請賞它一記耳光，再送回主人家。

潘德爾頓先生十一歲時生了場病，那年夏天曾經來農莊休養。這本書是那時候留下來的。他好像讀得很認真，書頁上滿是髒髒的小手印。閣樓角落裡還有水車、風車和一些弓箭。桑普爾太太常常把賈維少爺掛在嘴邊，漸漸地我也覺得潘德爾頓先生還是小男孩，不是頭戴禮帽、拿著手杖的成年人，而是玩得髒兮兮、頭髮亂糟糟的可愛弟弟。聽說他小時候每次紗門都不關，老是發出「砰砰砰」的腳步聲爬上樓，整天嚷著要吃餅乾（以我對桑普爾太太的瞭解，餅乾一定會到手！）。他聽起來就是個大膽又真誠的小孩，很愛嘗試各種新鮮事。這樣的人生在潘德爾頓家真是可惜，他值得更好的地方。

明天我們要幫燕麥脫粒，會有蒸汽脫粒機送來農莊，還會有三名工人來幫忙。

有件令人難過的消息必須告訴你，毛莨做了一件很不光彩的事（毛莨就是那頭只有一隻角的花母牛，也是萊斯比亞的媽媽）。星期五晚上，毛莨跑到果園偷吃樹下的蘋果，大啃特啃，吃到頭昏腦脹，昏了整整兩天。我是說真的，你有聽過這麼丟臉的事嗎？

很愛很愛你的孤兒朱蒂・艾伯特敬上

附記：那本書的第一章講印地安人，第二章講攔路搶劫的土匪。我屏住呼吸，第三章究竟會講什麼呢？書名頁前的插畫圖說寫著：「紅鷹從六公尺高的空中一躍而下，墜地身亡。」這麼有趣的書，朱蒂和賈維斯讀得可開心了！

九月十五日

親愛的叔叔：

我昨天到鎮上的雜貨店用秤麵粉的磅秤量體重，發現我居然胖了四公斤！羅克威洛農莊絕對是療養身體的首選之地。

你永遠的朱蒂敬上

九月二十五日

親愛的長腿叔叔：

登登登登，大二生登場！上星期五我返回學校，雖然很捨不得離開羅克威洛農莊，不過重回校園還是很開心。回到熟悉的地方，感覺真好。我在大學越來越自在，對這裡的生活也越來越得心應手。而且說真的，我也漸漸融入這個世界，彷彿我也是社會的一分子，不是被人勉強接受才混進來的。

我不指望你懂我的意思。能當上董事的人一定是位高權重，不可能理解卑微渺小的孤兒活在世界上的感受。

換個話題吧，叔叔。你知道我的室友是誰嗎？莎莉・麥可布萊德和朱麗亞・羅特勒奇・潘德爾頓。這是真的，我們一人一房，還有一間共用的讀書室，請看圖。

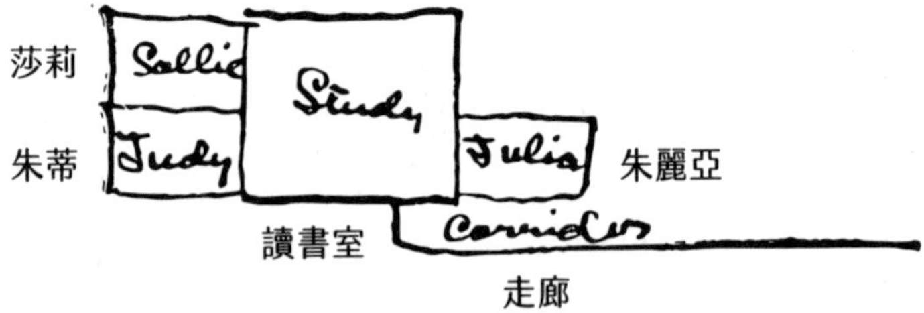

春天的時候，我跟莎莉說好要當室友，而朱麗亞不知道為什麼決定也要跟莎莉住。我怎麼也想不通，明明她們兩個截然不同，潘德爾頓家的人生性保守還很死腦筋（這個詞真不錯！）。但不管怎樣，我們住在一起了。來自孤兒院的潔露莎・艾伯特竟然跟潘德爾頓家的大小姐當室友，好一個民主國家。

莎莉正在競選班代。現在她氣勢如虹，沒意外的話，應該會當選。大家當起政治人物有模有樣，個個足智多謀，氣氛很不得了。講真的，叔叔，我告訴你，哪天我們女人得到權利了，你們男人得繃緊神經才能保住你們的權利。下星期六是投票日，不管誰當選，晚上我們都會辦一場火炬遊行。

我開始修化學了。這門學科很奇特，教的東西我一個都沒聽過。現在在講什麼分子、原子的，等我弄清楚，下個月再跟你細講。

我也修了辯論學和邏輯學。

還有世界史。

還有莎士比亞戲劇。

還有法文。

照這樣再讀幾年，我一定會變得絕頂聰明。

其實比起法文，我更想修經濟學，但我沒有那個膽。下學期不繼續修法文課的話，我很怕教授這次會當掉我，尤其今年六月的期末考我才低空飛過。雖然追根究柢，考不好是因為我高中基礎打得不夠穩。

班上有個女生法文說得跟英文一樣溜。小時候她隨爸媽旅居國外，在修道院附設的學校讀了三年。她在班上一枝獨秀，不規則動詞對她只是小菜一碟。真希望我爸媽是把我棄養在法國修道院，而不是孤兒院。等等，不對，我才不要，這樣很可能就遇不到你了！精通法文算什麼，我更想認識你。

掰掰，叔叔，我要去找哈麗特．馬丁討論化學，順便聊一下我們對下屆班代的看法。

踏入政治圈的朱蒂．艾伯特敬上

十月十七日

親愛的長腿叔叔：

假如體育館的游泳池裝滿檸檬果凍，裡頭游泳的人會上浮還是下沉呢？

今天的甜點是檸檬果凍，吃到一半時有人提出這個問題。大家激辯了半小時，還是沒有定論。莎莉認為自己有辦法在果凍裡游泳，但我覺得一定會沉下去，世界第一的游泳選手也不例外。你不覺得被檸檬果凍淹沒，聽起來很好笑嗎？

我們這桌之後又討論了兩個問題。

問題一，八角形房子裡的房間會是什麼形狀？有的人堅持是正方形，可是我覺得這和切派一樣，結果會是扇形，你說是吧？

問題二，假設有個人坐在用鏡子打造的巨大空心球裡，試問鏡子要怎麼反射背面，而不是反射正面？這題越想越得不出答案。你看，我們閒閒沒事的時候還討論這麼深奧的問題！

我有說過選舉的後續發展嗎？結果在三個星期前出來了。時間過得真快，那三星期就像上輩子的事。莎莉當選了，大家舉辦火炬遊行，沿途舉著「莎莉．麥可布萊德萬歲」的橫幅，還有一組十四人樂隊一起遊行（樂器包括三把口風琴和十一把口琴）。

現在我們二五八室宿舍的人都成了重量級人物。雖然我和朱麗亞沾了莎莉不少光，但跟班長住在同一個屋簷下，要承擔的社會壓力可不小呢。

晚安，親愛的叔叔。

向你致上最高的敬意。

你的朱蒂敬上[25]

莎莉．麥可布萊德萬歲

25 編按：此信內的楷體字原以法文書寫。

十一月十二日

親愛的長腿叔叔：

昨天的籃球比賽，我們贏了大一新生。大家高興是高興，但要是能打敗大三學姐，比賽就更圓滿了！為了勝利，我願意打到全身青一塊紫一塊，敷著金縷梅躺在床上一星期。

莎莉邀請我去她家過聖誕節，她家在麻薩諸塞州（簡稱麻州）的伍斯特市（Worcester）。

她人很好吧？真的好想去喔，我到現在都沒去過別人家。雖然之前待過羅克威洛農莊，但那不算，桑普爾夫婦是上了年紀的長輩，不像莎莉家有一屋子的小孩（好啦，其實才兩、三個），還有爸爸、媽媽、奶奶和一隻安哥拉貓，真是個完美無缺的家庭！收拾行李離開學校，比待在宿舍有趣多了。光用想的，我就興奮得不得了。

要上第七節課了，我得趕緊去排練，之後要在感恩節的戲劇活動中表演。我飾演高塔中的王子，身穿天鵝絨長袍，留著一頭金色捲髮，有趣極了！

你的朱蒂敬上

・星期六

想知道我長什麼樣子嗎？隨信附上我們宿舍三人組的照片，是李歐諾菈・芬頓拍的。

皮膚透亮而且笑容燦爛的是莎莉，用鼻孔看人的高個子是朱麗亞，頭髮被風吹到臉上的小個子是朱蒂。朱蒂本人漂亮多了，只是拍照時太陽太大，眼睛才會瞇成一條線。

十二月三十一日
麻州伍斯特市石門宅第

親愛的長腿叔叔：

本來想早一點寫信給你，感謝你聖誕節寄來支票，但莎莉家的生活太有趣，我連坐在書桌兩分鐘的時間都擠不出來。

我買了一件新禮服，但買它不是必要，只是我很想要。今年我收到的聖誕節禮物來自長腿叔叔，讓我感受到家人的情意。

在莎莉家過節，是我這輩子度過最美好的假期。她家是一幢很大的老式磚瓦房，離街道有一段距離。它的牆面邊角漆上白色，外觀正是還住在孤兒院時的我經常會探頭探腦的那種房子，很好奇裡頭是什麼模樣。我不曾奢望進去一探究竟——而我現在竟然就在屋子裡面！一切是那麼舒適、放鬆，像個溫馨的家。我把每間房間都參觀了一遍，仔細端詳所有擺設，非常過癮。

小孩最適合在這樣的房子長大：有陰暗的角落可以玩躲貓貓，有壁爐可以爆爆米花，下雨時還可以爬上閣樓玩耍。樓梯的扶手很光滑，最底下有個握感舒服的平頭握把。廚房寬敞且光線充足，裡頭還有一位在這裡工作十三年的廚子，身材胖乎乎的，個性十分開朗，常常留塊麵團給小朋友烤來吃。光是屋裡的景象，就讓人想回到童年。

至於莎莉的家人，我做夢也沒想到他們這麼和藹可親！莎莉有爸媽、奶奶、無敵可愛的三歲捲捲頭妹妹，還有個年紀不大不小的弟弟，他進門老是忘記擦腳。莎莉上面有個英俊的哥哥，名字叫吉米，現在就讀普林斯頓大學三年級。

吃飯是最開心的時光，大家有說有笑，時不時開點玩笑。莎莉家在飯前不必禱告，對我實在是種解脫，終於不用再為嘴裡的每一口飯菜對誰心懷感恩。（我承認我對神大不敬，但假如你從小就被要求謝東謝西，一定會深有同感。）

我們一起做了很多事，多到不知該從何說起。莎莉爸爸是工廠老闆，平安夜那天他幫員工的小孩準備一棵聖誕樹，擺在工廠一間長型的包裝場裡，場內還用常春藤和冬青的枝葉果實裝飾了一番。吉米．麥可布萊德扮成聖誕老公公，我和莎莉在旁邊幫他發禮物。

天啊，叔叔，那感覺真奇妙！我覺得自己就和約翰．葛里爾之家的董事一樣仁慈。那天我還親了一個可愛的小男孩，他身上黏黏的。我應該沒有拍哪個小朋友的頭啦！

聖誕節的兩天後，他們居然在家裡幫我辦了一場舞會。

這是我人生第一場真正的舞會。大學的不算，因為只能跟女生跳。我穿上新的白色晚禮服（就是你送的那件聖誕禮物，感激不盡），雙手戴上白色長手套，腳上穿著緞面舞鞋。這份快樂是那麼完美、極致、絕對，唯一美中不足的是李佩特院長沒有看到我和吉米・麥可布萊德帶大家跳一種叫方舞[26]的社交舞。下次你去約翰・葛里爾之家的時候，請一定要告訴院長這件事。

你永遠的朱蒂・艾伯特敬上

附記：叔叔，如果我最後沒有成為傑出的作家，只是平凡無奇的女孩，你會不會很生氣？

---

26 方舞（cotillion）：發源於法國的社交舞，盛行於十八世紀後期與十九世紀。原先由四對舞者排成方形跳舞，後來發展出許多變體。

‧星期六晚上六點半

親愛的叔叔：

我們今天散步到鎮上，結果，我的天啊，竟然下起傾盆大雨！冬天就該下雪而不是下雨啊！

朱麗亞人見人愛的叔叔今天下午再次來訪，還帶了一盒五磅的巧克力。看來跟朱麗亞當室友還是有好處的嘛！

她的叔叔好像覺得我們天真爛漫的話語很有趣，於是決定留下來跟我們在讀書室喝茶，改搭下一班火車。我們費了好大一番功夫才得到校方許可。要想在宿舍接待爸爸和爺爺已經夠難了，叔叔伯伯則是難上加難，至於兄弟和堂表兄弟，更是難如登天。朱麗亞必須在公證人面前，發誓賈維斯叔叔真的是她叔叔，接著把法院書記官開立的證明交回學校。（我滿懂法律的吧？）但就算做到這個地步，我覺得要是院長看到賈維斯叔叔這麼年輕英俊，這個茶喝不喝得成可能還有變數。

總之，茶順利喝到了，還配上黑麵包夾瑞士起司製成的三明治。三明治是賈維斯叔叔幫忙做的，他自己吃了四份。我跟他說，去年夏天我待在羅克威洛農莊。我們開心地大聊特聊桑普爾家的事，也聊到馬啊、牛啊、雞啊。他熟悉的那幾匹馬，除了格羅佛還活著，其他都已經升天了。他最後一次見到格羅佛時，格羅佛還是匹小小馬，現在牠已經老到只能在牧場一拐一拐地走了。

賈維斯叔叔問我農莊是不是還把甜甜圈裝在黃色罐子，然後在上面蓋著藍色盤子，放到食品儲藏櫃的最底層——是的，他說對了！他又問我晚上在牧場的石頭堆下，有沒有發現土撥鼠挖的洞——沒錯，的確有一個！去年夏天，農莊的男工阿馬賽抓到一隻又大又肥的灰色土撥鼠，正是賈維少爺小時候抓到的那一隻的第二十五代子孫。

我當面稱他賈維少爺，好像沒有惹他不高興。朱麗亞說她不曾看過叔叔那麼和藹可親，還說他平時很難親近。但在我看來，是朱麗亞不得要領，跟男生相處可是需要注意很多眉角。順著毛摸，他們會像貓一樣開心地呼嚕呼嚕叫；逆著毛摸，你就等著被吐口水。（這個比喻不是很文雅，我就是打個比方而已。）

我們正在讀瑪麗・巴什基爾采夫[27]的日記，內容讓我大開眼界。她寫道：「昨夜，一陣絕望緊緊攫住我的心，令我發出痛苦呻吟。後來我再也忍不住，抓起飯廳的大鐘一把扔進大海。」

我原本很希望自己是天才，但讀完這段話，好像就沒那麼想了。跟天才相處肯定讓人很心累，而且他們還是家具破壞狂。

行行好吧！大雨下個不停，看來今晚要游泳去教堂了。

你永遠的朱蒂敬上

27 瑪麗・巴什基爾采夫（Marie Bashkirtseff）：俄羅斯帝國藝術家，以日記與畫作聞名。

一月二十日

親愛的長腿叔叔：

你家有沒有生過可愛的女寶寶，她在嬰兒時期就被人從搖籃裡偷偷抱走？說不定我就是那個小嬰兒！假如我們活在小說世界，故事一定會這樣收尾，對吧？

不曉得自己的身世真的很奇怪，但又有點令人興奮，還有點浪漫，因為可能的答案有百百種。也許我不是美國人，像很多人就不是；也許我是古羅馬人的直系後代；也許我是維京人的女兒；也許我是俄羅斯帝國流亡者的孩子，按理說應該關在西伯利亞的監獄裡；也許我是吉普賽人，這真的很有可能。我有一顆漂泊的心，不過直到現在沒有太多機會展現它。

你知道我人生有個令人難以啟齒的汙點嗎？小時候我因為偷吃餅乾而受罰，最後從孤兒院逃跑。這件事被記錄在孤兒院的檔案，所有董事都看得到。但說真的，叔叔，平心而論，我吃餅乾情有可原。叫一個肚子餓的九歲小孩到廚房洗刷刀具，還把餅乾罐放在她旁邊，之後留她一個人待在裡面，大人轉頭就走，後來又突然現身。你評評理，發現她嘴邊有餅乾屑也沒什麼奇怪的吧？然而，她的肩膀被一把抓過去，還重重吃了一記巴掌。院方甚至在上甜點的時候，把她趕離餐桌，並且告訴其他小朋友她是因為偷東西才被趕走。受到這種待遇不從孤兒院逃跑才怪！

不過，我只跑了六公里多就被抓回去。之後那一個星期，其他小朋友休息玩耍的時候，我被綁在後院的木樁上，像隻只會調皮搗蛋的小狗。

哎呀！教堂的鐘聲響了。做完禮拜，我還要去開會。這次本來想寫一封無比有趣的信，真是抱歉。

再見，親愛的叔叔，祝平安！[28]

朱蒂敬上

附記：有件事我非常確定，我絕對不是中國人。

28 編按：此句原文的「再見」係以德文書寫，「親愛的」為法文，「祝平安」為拉丁文。

二月四日

親愛的長腿叔叔：

莎莉的哥哥吉米．麥可布萊德寄給我普林斯頓大學的校旗，旗子跟我們宿舍的牆壁一樣大。

我很謝謝他還記得我，但我真的不知道該拿它怎麼辦。莎莉和朱麗亞反對我把它掛起來，因為今年房間的色調以紅色為主，如果加上旗子的橘色和黑色，那畫面簡直不敢想像。

可是，這面旗子摸起來觸感很好，厚實又溫暖，不用的話很可惜。你覺得，把它做成浴袍會不會很不像話？我那件舊的已經洗

早上六點
6.A.M.
PRIN
CETO
It's the early bird that catches the towel
早起的鳥兒有澡洗

到縮水了。

最近都沒有向你報告我的學習進度。光看信件你可能不曉得，我把時間都花在讀書上。一次修五門課真的會讀到頭昏腦脹。

化學教授說：「真正的學者，不會放過任何一絲細節。」

歷史教授說：「別死盯著細節不放，站遠一點才能看見全貌。」

你可以想見，我們這些做學生的，必須掌握化學和歷史之間的微妙差異，上課還要懂得隨機應變。

我比較喜歡歷史的研究方法。如果我說威廉一世[29]在一四九二年征服英格蘭，哥倫布[30]在一一〇〇年或一〇六六年或其他年間發現美洲大陸，教授根本不會在意我搞錯這些細節。所以，背歷史很輕鬆，讀書不用讀得戰戰兢兢，和學化學是兩個極端。

第六節課的鐘聲響了，我得去實驗室研究一下酸鹼鹽。鹽酸把我的實驗圍裙腐蝕出一個盤子大的洞。如果理論沒錯的話，用強氨應該能中和那個洞吧？

29 威廉一世（William the Conqueror）：又稱「征服者威廉」，於一〇六六年從法國率軍入侵英格蘭。

30 哥倫布於一四九二年發現美洲大陸。

考試在下星期，但我才不怕呢！

你永遠的朱蒂敬上

三月五日

親愛的長腿叔叔：

三月刮起大風，天空烏雲密布。松樹上的烏鴉叫個不停，聲音響徹雲霄。地上的人聽得如癡如醉，心潮澎湃，玩心大起，恨不得蓋上書本，到山上跟風兒一起賽跑。

上星期六，我們一群人在泥濘的田野，玩一種叫「獵狐狸」的你追我跑遊戲，一跑就是八公里。三個女生當狐狸，她們帶著一大籃的五彩紙屑，邊跑邊撒，比獵人早半小時出發。獵人有二十七個，我也是其中之一，其中八個在半路脫隊，只剩十九個。我們跟著紙屑越過山丘，穿過玉米田，進到沼澤。大夥必須以輕盈的步伐，跳過一個又一個沼澤中隆起的小土堆。想當然，半數獵人的腳踝還是陷入水窪。我們追丟狐狸好幾次，在沼澤浪費了二十五分鐘。接著我們穿過樹林，爬上山坡，來到一座穀倉的窗戶前方。穀倉的門全數上鎖，窗戶又高又窄。要這種花招真不公平，你說是不是？

不過我們沒有爬進窗戶，只在四周搜索，結果真的找到紙屑。我們沿著紙屑爬過低矮的單坡屋頂，再跳過圍籬。那些狐狸以為能把我們騙得團團轉，但我們反將一軍。之後大家又跑了綿延三公里的大草原，那裡地勢微微起伏，紙屑越來越少，很難追蹤狐狸的蹤跡。當初說好紙屑之間的距離不得超過兩公尺，可是狐狸的兩公尺也太長了吧！大家一步一步慢慢跑，兩小時後，總算在「水晶泉」（Crystal Spring）的廚房找到狐狸的蹤跡（水晶泉是一座農莊，我們常在那裡滑多人雪橇，有時會搭載乾草的馬車去吃晚餐，享用農莊做的雞肉鬆餅）。我們發現三隻狐狸在廚房悠哉地喝牛奶，還配上蜂蜜和比司吉。她們沒有料到我們能追到這裡，以為我們會卡在穀倉的窗戶呢。

狐狸和獵人都堅稱是自己獲勝。我覺得是獵人贏，你說對不對？因為狐狸還沒回學校，就被我們抓到。撇開這個話題，我們十九個人找到地方就坐下，吵著要吃蜂蜜。大夥兒猶如蝗蟲過境，把蜂蜜吃個精光，最後吃不夠，水晶泉太太還拿別的東西請我們吃，包括上星期做好的草莓果醬和楓糖漿各一罐，以及三條黑麵包（水晶泉太太是我們幫她取的暱稱，她其實姓約翰遜）。

學校晚餐六點開飯，我們六點半才到。大家來不及換衣服，直接進到餐廳。雖然剛剛吃了點心，但食慾絲毫不減！晚上我們沒有去教堂，因為靴子髒到可以直接請假。

還沒跟你說考試結果。我輕輕鬆鬆通過所有科目，還抓到考試訣竅，再也不會不及格。儘管如此，我也不可能以優異的成績畢業，因為大一那年的拉丁散文和幾何學的表現太差了。不過，我一點也不在乎。只要能開心過活，其他都不重要[31]。（我最近在讀英國經典文學，這句話是從裡面摘錄的。）

說到經典文學，你有讀過《哈姆雷特》（*Hamlet*）嗎？如果沒有，請馬上拿一本來讀，保證你會**拍案叫絕**。莎士比亞的名字我從小聽到大，卻不曾拜讀他的作品，渾然不知他文筆這麼棒，甚至一度懷疑大家對他讚譽過頭。

很久以前我剛學會識字的時候，想出一個很棒的遊戲。每天晚上睡前，我會從當下正在讀的書中，選出最重要的人物，想像自己是他。

像現在我是《哈姆雷特》的女主角奧菲莉亞（Ophelia），而且是非常懂事的奧菲莉亞喔！我總是能把哈姆雷特逗得哈哈大笑，會哄他也會罵他，感冒的時候還幫他圍好圍巾。他的憂鬱，我幫他掃除一空。丹麥國王和王后都辭世了——遭遇船難意外，連葬禮都不用辦——哈姆雷特和我順理成章統治丹麥王國，把國家治理得非

31 出自英國作家喬治・杜穆里埃（George du Maurier）的小說《翠兒比》（*Trilby*）。

常好。他管國政，我管慈善事業。最近，我成立了幾間一流的孤兒院。假如你或其他董事想來看看，我很樂意帶你們參觀，你們應該能收獲很多有用的建議。

最親切優雅的丹麥王后

奧菲莉亞敬上

三月二十四日
又好像是二十五日

親愛的長腿叔叔：

我認為自己上不了天堂，因為我在人間享了太多福，死後要是繼續享福就太超過了。細節請聽我娓娓道來。

潔露莎・艾伯特贏得《月報》一年一度的短篇小說比賽（獎金二十五美元）。重點是她才大二，大部分參賽者可是大四學生。在得獎名單看到自己名字的瞬間，我完全不敢相信自己的眼睛。說不定，我真的能當上作家。若是這樣，真希望李佩特院長沒有給我取這麼蠢的名字，一聽就知道是女作家，對吧？

另一件喜事是我獲選參加春天的戲劇公演，準備在戶外演出《皆大歡喜》（*As You Like It*），飾演女主角羅瑟琳（Rosalind）的堂妹西莉亞（Celia）。

最後一件喜事是下星期五，我、朱麗亞和莎莉要去紐約買春天的衣服。因為賈維少爺邀請我們隔天去看戲，所以我們會在那裡住一晚。朱麗亞晚上會回紐約的家睡，我跟莎莉會住在瑪莎．華盛頓飯店（Martha Washington Hotel）。真期待這個行程！我從來沒有住過飯店，也沒去過劇院。唯獨有次天主教會舉辦慶典時，邀請我們這些孤兒參加，但當時演的也不算戲劇。

你猜我們要看哪齣劇？答案是《哈姆雷特》。想不到吧？我們在莎士比亞導讀課講了四週的《哈姆雷特》，讓我已經對劇本倒背如流。

想到這些事，我就興奮得睡不著。

掰掰，叔叔。

這世界太好玩了。

你永遠的朱蒂敬上

附記：我看了日曆，今天是二十八號。

再一個附記：我今天看到一位路面電車司機，他一隻眼睛是咖啡色，一隻是藍色。你說是不是很適合當偵探小說的壞蛋？

四月七日

親愛的長腿叔叔：

天啊，紐約也太大了吧！相比之下，麻州的伍斯特市根本小不隆咚。你真的住在這個令人眼花撩亂的城市嗎？我待了兩天就覺得頭暈目眩，恐怕幾個月後才能回神。這裡讓我驚豔的東西太多了，該怎麼說呢？反正你住在紐約，應該再清楚不過。

光是走在路上就樂趣無窮，這裡的居民和店鋪也很有意思。櫥窗裡的商品是我見過最好看的，讓人忍不住想一輩子都穿得漂漂亮亮。

星期六上午，我、莎莉和朱麗亞一起去逛街。朱麗亞走進我這輩子看過最金碧輝煌的地方，牆面是白色和金色的，地上鋪著藍色地毯，窗戶掛著藍色絲質窗簾，椅子還鍍了金。一位外型亮麗的金髮女士，身穿一襲黑色絲綢及地長袍，面帶笑容歡迎我們。原本我以為我們是來拜訪她，還跟她握了手，後來才發現我們純粹是來買帽子——但也只有朱麗亞在挑。她坐在鏡子前面試戴了十幾頂，一頂比一頂好看，最後買了兩頂最漂亮的。

可以坐在鏡子前、不管帽子的價錢想買就買，有什麼比這個更快樂的事嗎？叔叔，我們約翰．葛里爾之家費盡心血養成我善良克己的性格，但我可以跟你保證，紐約很快就會讓心血白費。

買完東西之後，我們到雪莉餐廳跟賈維少爺會合。你應該去過這間餐廳吧？先試想你在這間餐廳裡面，再想像約翰．葛里爾之家用餐的地方。孤兒院的餐桌鋪著防水油布，用的是木柄刀叉和絕對不能打破的白色陶瓷碗盤。想像兩者的差異，你一定能體會我的感受。

吃魚的時候，我用錯叉子，幸好服務員人很好，悄悄幫我換了一把，才沒有人注意到。

用完午餐後，我們前往劇院。那裡富麗堂皇，氣派到超乎我的想像。現在我每天晚上都還會夢到呢！

莎士比亞是不是很棒？

看舞台上的《哈姆雷特》比在課堂上分析文字有趣幾百倍。我原本就很喜歡《哈姆雷特》，現在直接熱愛成痴！

說真的，你不介意的話，我寧願當演員而不是作家。難道你不希望我轉學到戲劇學校嗎？到時候每場演出我都會幫你預留包廂座位，站在舞臺的腳燈旁對你微笑致意。唯一要麻煩你的，是請你在西裝的扣眼別一朵紅玫瑰，以防我認錯人。要是我對陌生人傻笑，我一定會尷尬到想找地洞鑽。

我們星期六晚上回學校，在火車上吃晚飯。車上的桌子不大，擺著粉色桌燈，服務生是黑人。我頭一次知道火車有供餐，還不小心把心聲說出來。

朱麗亞問：「天啊，妳在哪裡長大的？」

我乖乖回答她：「村莊。」

她又說：「難道你沒旅行過？」

我回說：「上大學是我第一次遠行，但也只搭了兩百六十公里的火車，路上沒吃東西。」

我越說她越感興趣，因為我的回答太荒謬了。我很努力要多留意，可是一碰到讓我眼睛為之一亮的事物，那些話就不自覺迸出來，偏偏我又看什麼都覺得新奇。叔叔，在約翰·葛里爾之家生活十八年，突然一頭栽進這**偌大的世界**，實在令人暈頭轉向。

不過，我正在慢慢適應。現在已經不會犯過去那種很荒唐的錯，跟其他女生相處也很自在。以前別人一看我，我就覺得渾身彆扭，感覺他們的眼神穿透我的新衣裳，看出我是冒牌貨，知道我底下穿著孤兒院的格紋衫。所幸現在我不再為這件事煩惱。昨天的難處昨天當就夠了[32]。

忘記跟你說花的事。賈維少爺送給我們一人一大束紫羅蘭和鈴蘭。他人很好吧？見識過那些孤兒院董事之後，我原本完全不把男人看在眼裡，但現在我的想法改變了。

寫了真多頁，實在有夠長。但莫驚莫慌莫害怕，我馬上停筆。

你永遠的朱蒂敬上

32 出自《馬太福音》第六章第三十四節，全文為「不要為明天憂慮，因為明天自有明天的憂慮；一天的難處一天當就夠了」。這裡作者把「一天」改為「昨天」。

四月十日

親愛的多金男先生：

隨信附上你給的五十美元支票。你的好意我心領了，但這筆錢我不能收。零用錢已經夠我買所有帽子，需要的款式一頂都不缺。很抱歉之前說了一堆女帽店的蠢話，那都是因為我見識太少，沒見過那麼漂亮的東西。

但不管怎樣，我不是在向你乞討！若非必要，我不想接受其他施捨。

你真摯的潔露莎・艾伯特敬上

四月十一日

最親愛的叔叔：

你願意原諒我昨天那封信嗎？一寄出去我就後悔了，我想把信拿回來，但死心眼的郵局人員不肯還我。

現在是夜半時分，我翻了好幾個小時都睡不著，一直在想自己是隻臭蟲，還是隻超級討人厭的蜈蚣，這是我想到最髒的話了。我把通往讀書室的門關上，動作非常輕，以免吵醒朱麗亞和莎莉。我從歷史課的筆記本撕下一張紙，坐在床上給你寫信。

我想向你道歉，我不該這麼沒禮貌。你寄來支票是出於一番好意。為了帽子這種微不足道的事操心，你一定是心地善良的老先生，我應該更有禮貌地把支票還給你才對。

不過無論如何，支票必須回到你手上。我跟其他女生不一樣，她們有爸爸、兄弟和叔叔阿姨，可以大方收下別人的好意，但是我無親無故。雖然我常常想像你是我的家人，但那也純屬想像，你當然不是。說穿了，我就是孤身一人，在絕境中獨自對抗世界。想到這點，我就喘不過氣，所以我總是裝作沒這回事，假裝你是我的依歸。但是叔叔，你還不明白嗎？若非必要，我不能再接受更多資助，因為總有一天我會想全數償還，但縱使我如願成了傑出的作家，也還不了這筆龐大債務。

我固然喜歡帽子和其他漂亮的東西，可是我絕對不會把未來拿來抵押。

我這麼無禮，你還是會原諒我，對不對？這是我的壞習慣，每次我想到什麼就直接寫下，完全不顧後果，無奈信一寄出去就追不回來。倘若信中有哪裡讓你覺得我思慮不周或不知好歹，那都不是我的本意。我打從心底感謝你帶給我現在的生活，多虧你，我才能享有自由和獨立。我的童年是一場漫長的反抗，常常愁眉不展，但現在我每分每秒都幸福無比，一切好不真實，感覺我就像小說杜撰出來的女主角。

凌晨兩點十五分了。我準備結束這封信，踮腳走出房門，悄悄把信丟到郵筒。你收到前一封信不久後便會收到這封。這樣一來，我就不會在你心中當太久的壞孩子。

晚安，叔叔。

永遠愛你的朱蒂敬上

五月四日

親愛的長腿叔叔：

上星期六是運動會，場面十分盛大。開場時，所有學生穿著白色亞麻服裝遊行進場。大四學姐撐著藍色與金色交織的日本油紙傘，大三學姐舉著白色和黃色橫幅，我們班拿著深紅色氣球，很吸引目光。氣球不小心脫手飛向空中的時候，那畫面更是漂亮。大一學生戴著用綠色薄棉紙製成的帽子，上頭還用長長的彩帶裝飾。學校也從鎮上請來一支穿藍色制服的樂隊，以及十幾位像馬戲團小丑那樣的搞笑藝人，請他們在比賽中場幫大家助興。

朱麗亞穿著寬鬆的長版亞麻外套，臉上黏著鬍鬚，拿著一把大雨傘，扮成肥嘟嘟的鄉巴佬。扮演她太太的是派琦．莫里亞蒂[33]（我們都叫她派翠希亞，你有聽過誰也叫這種名字嗎？這取名連李佩特院長也甘拜下風）。派琦的身材高高瘦瘦，

33「派琦」的原文是 patsy，英文中有「容易受騙上當的人」、「容易成為代罪羔羊的人」之意。

戴著一頂歪歪的綠色無邊軟帽，看起來很滑稽。不管她們走到哪裡，大家都笑個不停，而且朱麗亞演得一級棒！沒想到潘德爾頓家的人也能這麼有喜感——抱歉了，賈維少爺，我把你也拖下水。說是這麼說，但我沒有把賈維少爺當作潘德爾頓家的人，好比我也沒有把你看作董事。

我和莎莉沒有參加遊行，因為我們在準備比賽。你猜結果如何？我們贏了！雖然不是大獲全勝，像跳遠我們就輸了，不過莎莉在撐竿跳奪下勝利（跳了二．二公尺高），我則是在四十五公尺的短跑比賽中獲勝（成績八秒）。

跑到最後我上接不接下氣，不過比賽好玩極了！全班揮舞著氣球幫我加

朱蒂贏了四十五公尺短跑

油，她們大喊：

「朱蒂・艾伯特的戰況如何？」

「很棒。」

「誰很棒？」

「朱蒂——艾伯特！」

叔叔，這才叫做出名。比賽後，我小跑步回更衣帳篷，大家用酒精幫我擦身體降溫，還拿檸檬給我吃。看吧，我們真是專業。為班級爭光好處多多，贏得最多比賽的一班可以獲頒年度運動獎盃，今年的得主是大四學姐，她們贏了七項賽事。學校體育組在體育館舉辦晚宴，邀請所有優勝者參加，菜色有炸軟殼蟹和籃球造型的巧克力冰淇淋。

我昨晚讀《簡愛》讀到半夜。叔叔，你的年紀很大嗎？六十年前大家真的像書裡那樣說話嗎？

書中傲慢的布蘭琪小姐（Lady Blanche）對男僕說：「你這個蠢材，別再廢話，照我吩咐的做。」羅徹斯特先生（Mr. Rochester）口中的「穹蒼」其實是天空。那個笑起來像鬣狗的瘋女人，一下子放火燒床上的垂簾，一下子撕爛禮服的頭紗，還會**張口咬人**。整本書就是俗到不能再俗的通俗劇。儘管如此，我還是一頁接著一頁翻下去。我不懂女孩子怎麼有辦法寫出這樣的書，更讓人百思不得其解的是，作者是在牧師家庭長大的女孩。勃朗特三姐妹有種說不出的魅力，她們的著作、生活和心境，全都令我著迷不已。她們的靈感究竟是哪裡來的呢？讀到女主角簡愛小時候在慈善學校的種種遭遇，我氣個半死，非得到外面透透氣不可。簡愛的感受，我完全能理解。跟李佩特院長朝夕相處這麼久，不用想也知道慈善學校的校長布洛克赫斯特先生（Mr. Brocklehurst）為人如何。

叔叔，先別生氣。我的意思不是我們約翰．葛里爾之家和羅伍德慈善學校（Lowood Institute）沒有兩樣。我們不愁吃不愁穿，洗澡從來不缺水，地下室還有暖氣設備。不過，兩者最大的共通點是生活都極其無聊，天天按表操課，沒什麼好事發生。唯一值得高興的是星期日有冰淇淋吃，但那也只是例行性給點甜頭。待在那裡十八年，我只碰過一件意料之外的事。有一次，半夜裡柴房失火，大家紛紛爬起床把衣服換好，準備在大火燒到主屋時逃跑。最後火勢沒有蔓延過來，大家又回去睡覺。

只要是人，都喜歡生活偶爾來點驚喜，這是人天生的傾向。我人生的第一個驚喜，是等到李佩特院長把我叫到辦公室那一天才出現。偏偏她在揭曉前又鋪陳一大堆，講了一長串才說約翰．史密斯先生願意資助我上大學，那份驚喜都不驚喜了。

跟你說喔，叔叔，我覺得人最需要的是想像力。想像力帶來同理心，讓人懂得設身處地為他人著想，造就心地善良又善解人意的性格。這樣的特質就該從小培養，然而約翰．葛里爾之家一點機會也不給，在小朋友的想像力初露鋒芒時就扼殺殆盡。責任感是他們唯一推崇的特質，但我認為小孩不該瞭解何謂責任感，這個討厭的字眼令人作嘔。小朋友做任何事都該以愛為出發點。

等著看我怎麼管理孤兒院吧！每天晚上睡前，我最愛玩下面這個遊戲：在腦中規畫孤兒院的所有細節，一清二楚，食衣育樂樣樣不少。因為乖寶寶有時也會搗蛋，所以我把懲罰也想好了。

但無論如何，他們一定會過得很快樂。不管成年後要經歷多少難關，我認為人人都該有個幸福的童年，給長大的自己慢慢回味。假如哪天我有了小孩，就算我再苦再難受，我也絕對會讓他們無憂無慮長大。

（教堂的鐘聲響了，我會再找時間完成這封信。）

・星期四

今天下午我從實驗室回來，一進房就看到有隻松鼠坐在茶桌上，自顧自地啃著杏仁。天氣漸漸回暖，自從窗戶打開之後，時不時就有訪客進來坐坐。

親愛的蜈蚣太太，妳要放一顆糖還是兩顆？

・星期六早上

你可能會這樣想：昨天是星期五，今天星期六不用上課，所以我昨天度過了一個寧靜祥和的夜晚，讀我用比賽獎金買的那套羅伯特．路易斯．史蒂文森的書。但要是你這麼想，親愛的叔叔，你就太不瞭解女子大學了。昨天有六個朋友來我們寢室做牛奶軟糖，結果有人把還沒凝固的軟糖打翻，不偏不倚倒在寢室最珍貴的地毯上，我想這輩子是想清也清不乾淨了。

最近都沒有提到課業，但課還是有天天上喔。只是不聊學業，改聊生活其他面向，能讓我稍微喘口氣。雖然嚴格來說，只有我單方面在說話，但那也是你造成的。你大可回信給我，我隨時恭候。

這封信斷斷續續寫了三天，恐怕叔叔你已經讀到煩了！

再見，善良的好先生。

朱蒂敬上

「長腿叔叔」史密斯先生：

先生你好，因為剛學完論證和把論文分出大、小標的寫作方法，我決定以下列的方式寫信。下方只留必要資訊，絕無冗言贅字。

壹、本週有測驗的科目

甲、化學

乙、歷史

貳、學校正在蓋新宿舍

甲、建築材料

（a）紅磚

（b）灰岩

乙、預計容納

（a）學監一位、指導員五位

（b）學生兩百名

（c）管家一名、廚師三名、女侍二十名、清潔女工二十名

參、晚餐點心是奶凍
肆、正在寫一篇專題報告，題目是「莎士比亞的劇本創作素材」
伍、下午打籃球時，同學露．麥可瑪洪滑了一跤，結果
甲、肩膀脫臼
乙、膝蓋瘀青
陸、買了一頂新帽子，上面有
甲、藍色絲絨緞帶
乙、兩根藍色羽毛
丙、三個紅色毛絨球
柒、九點半了
捌、晚安

朱蒂敬上

六月二日

親愛的長腿叔叔：

你絕對猜不到發生了什麼好事。

莎莉一家邀請我暑假跟他們去阿第倫達克山（Adirondacks）露營！山裡有一片美麗的小湖，湖畔設有一間俱樂部。她們家是裡頭的會員，樹林間散落著會員自家的小木屋。

那裡有湖泊可以划獨木舟，有林間步道可以慢慢散步到其他營地，每星期俱樂部還會開一次舞會。

吉米·麥可布萊德打算邀請大學朋友來玩一陣子，所以到時候可以跟很多男生一起跳舞。

莎莉媽媽問我想不想一起去。她真的人很好，對不對？看來，上次聖誕節我在她家很討她歡心呢。

這封信寫得這麼簡短，還請見諒。但這也稱不上什麼信，只是想跟你說，我已經安排好暑假活動。

滿心歡喜的朱蒂敬上

六月五日

親愛的長腿叔叔：

剛才收到你的祕書來信，信上說史密斯先生希望我不要接受莎莉媽媽的邀請，並且表示我暑假應該跟去年一樣待在羅克威洛農莊。

叔叔，為什麼，為什麼，**到底為什麼**？

你根本不懂，莎莉媽媽是真的希望我去，沒有半點客套。我不會給莎莉家添一丁點麻煩，反而會幫很多忙。他們家不打算帶太多僕人去，所以我和莎莉會是得力助手。這是學習打理家務的大好機會，做女人都該有這個能力，而我到現在只會打理孤兒院。

營區沒有和我們年紀相仿的女生，所以莎莉媽媽希望我能陪莎莉去。我們打算把大三英文課和社會學課的指定用書全部念完。教授說暑假先預習一遍，開學上課會輕鬆許多。除此之外，讀完書有人一起討論，印象也比較深刻。

光是和莎莉媽媽住在一起，就能學到很多。她是世界上最有趣、最好玩、最迷人的女士，相處起來非常愉快，而且她無所不知。想想看，我已經跟李佩特院長共度好多個夏天，現在換個人，一定是快樂滿人間。不用擔心多了我會讓他們空間變侷促，因為他們營地的屋子是橡膠做的，伸縮自如：人多的時候，他們會在樹林搭幾個帳篷，讓男孩子出去睡。我們有大把時間可以在戶外活動，絕對會是健康快樂的夏天。聽說吉米．麥可布萊德要教我騎馬、划獨木舟、射箭，還有很多很多我早該會的事。我不曾有過這樣快活又無憂無慮的美好時光，但我想每個女孩一生都該有一回這樣的經驗。當然，我最後還是會照你的意思。可是求求你，叔叔，**拜託**讓我去，這是我活到現在最大的願望。

向你訴說這一切的不是未來的大作家潔露莎．艾伯特，而是一個叫朱蒂的普通女孩。

六月九日

約翰・史密斯先生：

先生，七日來信敬悉。謹遵祕書轉達之指示，於下週五前往羅克威洛農莊避暑。

以後希望都這樣署名的

潔露莎・艾伯特（小姐）

八月三日
羅克威洛農莊

親愛的長腿叔叔：

距離上次寫信已經過了兩個月。我知道，這態度不是很好，但這個夏天我沒有很喜歡你。你懂的，我向來有話直說。

不得不放棄跟莎莉一家去露營，那種萬念俱灰的心情你一定無法體會。我固然知道你是我監護人，我凡事都得遵照你的意思，但我想不透你的**理由**何在。露營分明對我百利而無一害。要是我是叔叔，而你是朱蒂，我會說：「孩子，一路順風。快去吧，玩得開心點。希望你能認識很多新朋友，帶著滿滿收穫回來。多多親近大自然有益身心健康。辛苦了一年，好好休息吧。」

然而，現實與想像天差地遠。我只從你的祕書那裡收到短短一句話，就是命令我去羅克威洛農莊。

你冷酷無情的命令讓我很難過。我以為如果你對我有一絲好感，縱使只有我對你的千分之一，你偶爾也會親自寫點東西給我，而不是讓祕書用打字機打出沒有血肉的字條。只要能讓我感覺到你對我有一絲關心，所有能讓你開心的事情我統統願意做。

我明白我應該謹守本分，鉅細靡遺乖乖寫一封封長信，不該期待你的回音。你信守承諾供我上大學，我想你會認為我沒有遵守約定。

但是，叔叔，這個約定太苛刻了。我是如此孑然一身，你又是我唯一能寄託的人。無奈你這麼模糊，只有我自己憑空想像出來的樣子。搞不好真正的你跟我的想像截然不同。可是在我生病住院那次，你確實寫了些話給我。在我覺得全世界都遺忘我的時候，我就把你的卡片拿出來細細閱讀。

說了這麼多，我想告訴你的其實是這個。

雖然我現在還是很難過，感覺像有個看不見、摸不著又蠻橫無理的神，仗著自己無所不能，隨心所欲操弄人的命運，而這樣的神將我一把抓起，叫我去哪裡我就得去。這份屈辱讓我很受傷。儘管如此，如果有人像你一樣對我那麼仁慈、慷慨又體貼，我認為他有權選擇當一個看不見、摸不著又蠻橫無理的神，隨心操弄人的命運。所以，我會原諒你，也會好好打起精神。雖然收到莎莉來信分享露營有多好玩的時候，我還是不太開心。

不說了，我們翻篇吧，讓一切重新開始。

這個夏天我不停寫啊寫，完成了四個短篇小說，投稿到四家雜誌社。你看，我很努力朝作家之路邁進喔。以前下雨的時候，賈維少爺會在閣樓的遊戲區玩耍，現在那個角落變成我寫作的地方。那裡有兩扇天窗，涼爽的微風時不時會吹進來，窗外有棵楓樹遮蔭，還能看見一窩住在樹洞裡的松鼠。

過幾天再好好寫封信，告訴你農莊大小事。

現在這裡很缺雨水。

對你始終如一的朱蒂敬上

八月十日

長腿叔叔：

先生你好，我在牧場池塘邊的柳樹上給你寫信。我坐在第二根樹杈上，底下有隻青蛙呱呱叫，知了在上方鳴唱，樹幹上有兩隻小巧的白胸鳾[34]跑上跑下。我在座位下方擺了兩個靠枕，非常舒適，已經待了一個小時。

我拿著一枝筆和一本筆記本爬到樹上，準備寫一篇永垂不朽的短篇小說。可惜事與願違，我和我的女主角相處得很不愉快，她都不照我說的話做。所以呢，我暫時把她丟到一邊，轉而給你寫信。（但心情也沒變好多少，因為你也不會照我的意思做。）

如果你還住在紐約那個陰鬱的城市，但願我能把這裡的微風以及和煦的景致送

34 白胸鳾（white-breasted nuthatch）可以頭下腳上在樹上移動，英文稱作「被魔鬼倒掛的鳥」（devil down-head）。

給你。下了一星期的雨，鄉村變得跟天堂一樣美好。

說到天堂，還記得去年夏天那位凱洛格先生嗎？就是鎮上白色小教堂的牧師。可憐的老人家去年冬天染上肺炎去世了。我聽他講道五、六次，很瞭解他的神學觀。他的信念直到闔眼前都不曾動搖。

可以一連四十七年不改變任何想法，這樣的人真該收進保存稀奇珍寶的櫃子裡。希望他能在天上彈著豎琴、頭戴金冠，一如他所深信的那樣。雖然新來的年輕牧師積極上進，但教徒不怎麼信任他，尤其是教會執事卡明斯先生那派的人。依我看，教會內部可能會發生嚴重分歧，因為這裡的居民很排斥宗教出現新意。

這星期下雨的時候，我都待在閣樓瘋狂啃書，大多是讀史蒂文森的著作。他本人比自己筆下的人物還有意思。我敢說，他把人生活得那麼精采，放在故事中一定是很棒的主人翁。

他花光父親留給他的一萬元遺產，包了一艘帆船遊歷南太平洋，你不覺得很棒嗎？

他沒有辜負自己對冒險的熱愛。要是我爸也留給我一萬元，我也會這麼做。一想到他在薩摩亞群島上的故居維利馬[35]，我就興奮得坐不住。

我想去熱帶看看，也想環遊世界。叔叔，我是說真的，等我成為厲害的作家，也可能是藝術家或演員或劇作家，或隨便什麼大人物，到時候我就要行遍天下。我渴望流浪，看到地圖就想戴上帽子再拿把傘，馬上啟程。「有生之年，我要看看南方的棕櫚樹和寺廟。」[36]

・星期四黃昏
坐在門前階梯上

35 史蒂文森晚年曾在薩摩亞群島（Samoa Islands）居住多年，並為自家宅院命名「維利馬」（Vailima）。

36 出自丁尼生的詩作〈你問我為什麼看起來很不自在〉（You Ask Me, Why, Tho' Ill at Ease）。

實在沒什麼新消息好寫！朱蒂最近很愛探討形而上的東西，希望能把重點放在世界大事，而不是生活裡的芝麻蒜皮小事。如果你非得知道一些新動向，我這就跟你說。

上星期二，農莊的九隻小豬涉過小溪跑走了，最後只有八隻回來。我們不想冤枉別人，可是唐德太太真的太可疑了。聽說這名寡婦家中多了一隻豬。

魏佛先生幫自家穀倉和兩個圓筒倉上漆，用了南瓜般的亮黃色，上完後醜到不行，但他宣稱這種油漆很耐髒。

這星期，布魯爾家有訪客。布魯爾太太的姐姐和兩名外甥女從俄亥俄州前來拜訪。

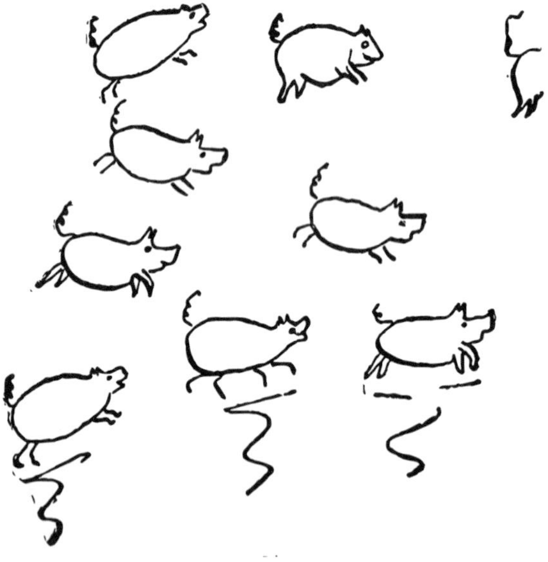

農莊有隻洛島紅雞（Rhode Island Reds）下了十五顆蛋，卻只孵出三隻小雞，真不知道出了什麼問題。就我所知，這個品種的雞本來就很差，我比較喜歡淺黃奧平頓雞。

我們邦尼里格四角鎮（Bonnyrigg Four Corners）的郵局來了個新員工。他偷喝局裡庫存的牙買加薑汁啤酒（市值七美元），還喝得一滴不剩，後來被人抓到。

艾拉．哈奇老先生得了風濕病，再也不能工作。他之前賺了不少錢，卻一塊錢都沒存下來，現在只能靠居民救濟度日。

下星期六晚上，附近學校將舉辦冰淇淋晚會。在此邀請你帶全家大小一起來玩。

我在郵局買了一頂二十五美分的帽子。最後附上一張圖，那是我最近拿著耙子要去耙乾草的樣子。

天已經黑到快伸手不見五指，不過沒關係，該說的都說了。

晚安。

朱蒂敬上

・星期五

早安，重磅消息！叔叔你猜是什麼？我打包票你絕對猜不到誰要來羅克威洛農莊。潘德爾頓先生寄信給桑普爾太太，說他開車途中經過伯克郡（Berkshires），人有點累，想找個安靜閒適的農莊休息，問說如果他晚上開車到農莊門口，能不能幫他準備一間房間。他會視休息情況再決定要待多久，說不定會住上一、兩個星期，或甚至三星期。

老格羅佛拉車安全無虞

大家既緊張又期待，把房子上上下下打掃得乾乾淨淨，窗簾還全部拆下來洗。現在是早上，我等一下要駕馬車到鎮上買東西，包括鋪在門口的油布和兩罐咖啡色地板漆，之後要粉刷進門的廊道和後樓梯。唐德太太明天會來幫忙擦窗戶（緊要關頭，小豬事件的嫌疑先擱一邊）。聽到我們做這些準備，你可能會以為房子平時很髒亂，但我保證屋子本來就很乾淨。桑普爾太太不是萬事通，但她掌管家務的能力絕對是一等一！

話說你不覺得潘德爾頓先生跟其他男生一樣嗎？他是今天來，還是兩星期後來，都不說清楚。總之在他來之前，大家都得戰戰兢兢。他再不快一點，恐怕又要大掃除一次。

男工阿馬賽已經備好四輪馬車在樓下等我，拉車的是老馬格羅佛。雖然我是自己駕車，但格羅佛年紀大了，讓牠拉車想出事都難，所以不用擔心我的安全。

我一手放在胸口，一手向你道別。

朱蒂敬上

附記：這個結語很棒吧？是出自史蒂文森的信件喔。

‧星期六

再道一次早安！昨天郵差來的時候，我還沒把信封好，所以今天再多寫一點。每天中午十二點，郵差會來一次。住在鄉間有到府郵政服務真是一大福音！郵差除了收發信，還會幫我們到鎮上跑腿，一次五美分。昨天他替我買了幾條鞋帶和一罐面霜（之前沒帽子可戴，鼻子曬到脫皮了），另外入手一條溫莎領帶和一瓶黑色鞋油。我的訂單很大，他特別優惠我，只收十美分。

郵差還會告訴我們國內外大事。有幾戶人家訂了報紙，他會一邊送一邊讀，把新聞講給沒訂報的居民聽。也就是說，不管是美日開戰、總統被暗殺，還是美國富豪洛克菲勒先生（Mr. Rockefeller）死後捐一百萬美元給約翰‧葛里爾之家，這些消息都不用勞煩你寫信，我自然會知道。

賈維少爺還是沒有消息。真想讓你看看房子有多乾淨，每個人進門前都繃緊神經，把腳擦得一乾二淨。

但願他早點來，我好想找人聊聊。坦白說，跟桑普爾太太聊天有點乏味。她話匣子一開就說個沒完，根本插不了嘴。這裡的居民都這樣，真的很妙。他們的世界只有這一小座山頂，他們沒有成為這萬千世界的一部分，這麼說你懂嗎？就跟約翰．葛里爾之家一模一樣。在那裡，我們的思想受到四周的鐵欄杆禁錮。只是那時我還小，生活又忙得暈頭轉向，沒有太多心力思考這件事。每天我睜開眼就要整理負責區域的床鋪，幫小不點洗臉，然後去學校上課，放學回去再給他們洗把臉，接著補補襪子，縫縫弗雷迪．柏金斯的褲子（這小鬼每天都把褲子穿破），再趁空檔讀書寫作業。等做完這些事，我只想爬上床睡覺，完全沒發現生活很封閉。可是經過大學兩年的洗禮，與各式各樣的人交流，現在我真的離不開社交生活了。如果此刻能遇到聊得來的人，我一定會很開心。

叔叔，這封信差不多了。新消息就這些，下次我再努力寫長一點。

你永遠的朱蒂敬上

附記：今年的萵苣不漂亮，前陣子雨下太少了。

八月二十五日

跟你說，叔叔，賈維少爺駕到！我們處得非常愉快，至少我是這麼覺得啦，我想他也是吧。畢竟他都待了十天，看起來也沒有要離開的意思。桑普爾太太寵他寵得無法無天。要是她在少爺嬰兒時也對他這樣百般溺愛，我還真不知道他怎麼有辦法成為這麼棒的大人。

我和他有時在側門門廊的小桌用餐，有時在樹下，下雨或天冷的時候，則會挑最舒適的客廳吃飯。飯前他會選一個地點，女傭佳莉會在後頭跑著把桌子搬來。如果他選的位置很麻煩，佳莉得把菜端到大老遠的地方，賈維少爺就會在糖罐下面放一美元給她。

他非常好相處，但乍看之下你不會相信，因為他第一眼看上去，毫無疑問就是潘德爾頓家的人，只是他骨子裡完全不是。他做人簡單，不矯揉造作，還很貼心，這樣形容男生似乎有點奇怪，可事實就是如此。他對附近的農夫十分親切，總是真心相待，讓人馬上卸下心防。

起初那些農夫覺得賈維少爺很可疑，看他身上穿的衣服很不順眼！不得不說，他的打扮的確很特別。他居然在這裡穿及膝燈籠褲、打摺外套和白色法藍絨衣，還穿褲子蓬蓬的騎馬服。每次當他穿著新行頭下樓，桑普爾太太就會露出驕傲的神情，一邊笑、一邊在他四周轉來轉去，從各個角度欣賞一番。她又深怕他弄髒衣服，老是念叨著要他看好位置再坐下。賈維少爺聽煩了，就會回她：

「去去去，麗茲，快去忙妳的。我都這麼大一個人了，妳管不了我。」

他是位又高又壯的長腿先生（叔叔，他的腿幾乎跟你一樣長）。一想到他曾坐在桑普爾太太腿上洗臉，我就笑到岔氣。尤其是看到桑普爾太太現在的腿，就覺得更好笑了。她的大腿粗得不得了，下巴也變成三層了！不過賈維少爺說，桑普爾太太以前身形精瘦，動作敏捷，跑得比他快。

我們常常一起去探險，走遍了方圓幾公里內的鄉間野外。我學會用羽

毛做毛鉤當魚餌釣魚，毛鉤小小的很好玩。我也知道步槍和左輪手槍射擊方法，還學會騎馬。老格羅佛的精力意外地很充沛。有次我們餵牠吃了三天燕麥，後來牠看到一頭小牛受到驚嚇，力道大到差點把我拉著跑。

• 星期三

星期一下午我們去爬天山（Sky Hill），就在農莊附近。這座山說高不高，至少沒有高到山頭積雪，不過爬到山頂還是會讓人氣喘吁吁。低海拔的山坡覆蓋著一片樹林，山頂則是成堆的岩石和開闊的荒野。我們待到夕陽西下，一起看了日落，還生火煮飯。賈維少爺說他比我會煮，所以由他掌廚。這倒也沒錯，因為他很常露營。之後我們伴著月光下山，走到樹林小徑時，眼前一片漆黑，只能靠賈維少爺放在口袋裡的那顆電燈泡指路。我玩得不亦樂乎！一路上他笑得很開心，一會兒講笑話，一會兒分享生活趣事。我看過的書他統統看過，而且他讀的書遠遠不止於這些，博學的程度令人驚艷。

今天早上我們去遠足，結果碰上暴風雨，到家時衣服早已濕透，但雨水澆不熄我們的興致。我們滴滴答答走進廚房的時候，桑普爾太太的表情太經典了，真希望你也在場。

「媽呀，賈維少爺！朱蒂小姐！怎麼淋成這樣？天啊！天啊！該怎麼辦？這件大衣還這麼新，這下全毀了。」

桑普爾太太的反應讓我笑到翻過去。我們就像讓媽媽憂心忡忡的十歲小鬼。我還一度擔心等一下吃茶點會沒有果醬配呢。

·星期六

這封信寫了好久都沒寫完，因為我實在擠不出時間。
下面這段話出自史蒂文森。你看看，他的想法是不是很棒？

宇宙天地擁有數不盡的事物，
我相信人人都能如國王幸福。

他說的千真萬確，人間滿是歡樂。只要肯在幸福敲門時敞開心胸，人人都能擁有美滿的生活，箇中奧祕就是要能隨遇而安。

住在鄉間更是這樣，這裡有數不清的樂事。我可以四下漫步，欣賞每片風景，到每條小溪嬉戲。儘管這片天地是所有人共享，但我可以假裝它歸我所有，盡情享受，而且還不用繳稅呢！

※

現在是星期日晚上十一點左右。我本應上床睡個好覺，但晚餐的黑咖啡讓我只能跟失眠作伴。

今天早上，桑普爾太太非常堅定地對潘德爾頓先生說：

「我們必須在十點十五分出發，才能在十一點抵達教堂。」

賈維少爺說：「知道了，麗茲。妳先備好馬車，到時候如果我還沒換好衣服，你們先去，不用等我。」

桑普爾太太回說：「我們會等的。」

賈維少爺又說：「隨妳高興吧，別讓那些馬呆站太久就好。」

後來他趁桑普爾太太去換衣服的時候，吩咐佳莉打包午餐，又叫我趕快換上便裝，一起從後門溜出去釣魚。

這件事讓家裡亂了套，因為星期天農莊是兩點用餐，他卻指示七點再吃。只消一聲令下，他開心幾點就幾點吃，不知道的人還以為這裡是餐廳。

七點開飯的指示，讓佳莉和阿馬賽沒辦法駕馬車出遊。賈維少爺說，他們男未婚女未嫁，出門兜風卻沒有長輩陪同，實在不成體統，這麼做是為他們好。況且，他想自己駕馬車帶我出去玩。他這歪理你不覺得很好笑嗎？

可憐的桑普爾太太，她一心相信星期日去釣魚的人，死後會被打入熾熱的地獄受罰！

她怪自己沒有把握機會，趁少爺年幼無助時教好他。一想到這點，桑普爾太太就無比懊悔。再說，她還想把少爺帶到教堂炫耀一番呢。

總之，我們去釣魚了（他釣到四條小魚）。我們生火把魚烤來當午餐吃。那些魚從尖尖的樹枝掉進篝火好幾次，所以有時候會吃到一點灰，不過我們還是照樣吃下肚。

我們四點到家，五點去兜風，七點吃飯。十點一到，他們就叫我上床睡覺。而現在，我正在給你寫信。

眼皮越來越沉重了。

晚安。

我只釣到一條魚，附圖是牠的畫像。

啊吼，你好，長腿船長！

停船！拴繩！喲吼吼，還有一瓶蘭姆酒！你猜我在讀什麼？這兩天我們一直在聊航海和海盜。《金銀島》很有意思吧？你有讀過嗎？還是它在你小時候還沒出版？史蒂文森只拿到三十英鎊稿費。當大作家實在很虧，我還是當老師好了。

不好意思，信中寫了一堆史蒂文森的事。現在我滿腦子都是他。農莊的書房裡只有他的書。

這封信我寫了兩個星期，應該夠長了。叔叔，你可別說我寫得不夠詳細。真希望你也在這裡，我們大家一定可以相處得很愉快。我希望我不同圈子的朋友能互相認識。

原本我想問潘德爾頓先生在紐約認不認識你，我覺得他應該認識。你們十之八九在同一個上流社交圈，對改革之類的事都很關心。可是，我不知道你的真名，根本無從問起。

不讓我知道你的名字，真是太荒唐了！李佩特院長曾經提醒我你很古怪，我想她是對的。

敬愛你的朱蒂敬上

附記：重讀這封信後，我發現我寫的也不全是史蒂文森，有一、兩處稍微提到賈維少爺。

九月十日

親愛的叔叔：

他離開了，大家都很想他！習慣一個人的存在，習慣待在一個地方，習慣一種生活方式，然後一眨眼把這些奪走，心裡就像空了一大塊，非常折磨人。現在聽桑普爾太太說話，就像在吃沒有調味的食物，很是乏味。

再兩星期就開學了，我很開心能回學校繼續讀書。這個夏天我寫了不少東西，包括六個短篇小說和七首詩。我投稿的作品，雜誌社很快就退回來了，還附上幾句客套話。不過我不在意，反正就當練習。

因為信是賈維少爺收進來的，所以他順勢讀了這些作品，我不想讓他看到都難。他說我的創作**慘不忍睹**，一看就知道我根本不曉得自己在寫什麼。（賈維少爺向來直言不諱。）唯一有看點的，是最後那篇描述大學生活的短文。他幫我用打字機打出來，我再把它投稿到一家雜誌社。現在過了兩星期都沒有消息，也許他們正在審慎評估。

真想讓你看看這裡的天空，詭異的橘色染上整片大地，暴風雨快來了！

※

剛剛外頭下起滂沱大雨，雨滴有二十五美分的硬幣那麼大，打得百葉窗砰砰作響。我趕緊把窗戶關上。佳莉抱著好幾個煮牛奶的小鍋子，飛奔到閣樓去接屋頂的漏水。正當我準備提筆繼續寫信，腦中突然閃過我放在果園樹下的靠枕、毯子、帽子和馬修．阿諾德的詩集。雖然我馬上衝了出去，但東西早已濕透。詩集封面的紅色顏料滲進內頁，看來以後會有粉紅色的波浪拍打詩中的多佛海灘[37]。

鄉間下起暴風雨很費人心神。那麼多東西放在外頭，哪一樣沒想起來就完蛋了。

---

37 多佛海灘（Dover Beach）位於英國，馬修．阿諾德曾以此處為題作詩。

・星期四

叔叔！叔叔！你猜發生什麼事？郵差剛剛送來兩封信。

第一封，我的文章被採用了，稿費五十美元。

這下子[38]，我是名副其實的「作家」啦！

第二封，學校祕書寄信通知我獲得一筆獎學金，一共補助我兩年的學費和膳宿費。這項獎學金由校友會設立，專門獎勵「英文成績傑出，其他科表現優良」的學生。而我，竟然拿到了！

來農莊之前，我向學校提出申請，但因為大一的數學和拉丁文成績太糟，所以我沒有抱太大希望。看來，我的成績已經追上大家了。叔叔，一想到我不再是你的負擔，我就開心得不得了。現在每個月寄來一點零用錢就夠了，而且說不定之後我也可以靠投稿或兼家教之類的自己賺。

38 此處原以法文書寫。

我等不及回學校繼續努力了。

你永遠的潔露莎・艾伯特敬上

*著有短篇小說〈大二學生贏了〉

各書報攤均有販售，定價十美分

九月二十六日

親愛的長腿叔叔：

我已經回學校成為高年級學生。今年我們的讀書室大升級，有兩扇朝南的大窗戶，而且，天啊，擺設還很講究！朱麗亞早兩天入住宿舍，發瘋似地布置房間，把她零上限的生活費揮灑得淋漓盡致。

我們貼了新壁紙，鋪上東方製的地毯，擺了幾張桃花心木椅子。去年的椅子只有漆上桃花心木的紅棕色，不像今年是用貨真價實的木頭製作。雖然這麼說，我們去年也已經很滿意了。房間華麗歸華麗，我待起來卻很不自在，深怕手中的墨水會把哪裡弄髒，每分每秒都緊張兮兮。

叔叔，我收到你的信了，喔，不好意思，是你祕書的信。

為什麼你說我不該接受那筆獎學金？可以請你把理由說清楚讓我理解嗎？我實在不懂你為什麼反對。但不管怎樣，你反對也沒用，我已經接受了，而且心意已決！這話聽起來有點無禮，但我不是有意的。

我認為，你是想要有始有終，希望能從安排我上大學的那一刻起，資助我到最後。等我拿到文憑，再乾淨俐落結束這一切。

可是，請從我的角度想一下。我上大學全歸功於你，即便你沒有負擔我全額的費用，也絲毫不影響這個事實。而現在，我不過是少欠你一點罷了。我知道你不想讓我還錢，但將來要是有能力，我還是想還你。接受這筆獎學金，錢就能更快還完。我本來以為我的餘生都要用來還債，如今只要半輩子就夠了。

但願你能理解我的立場，不會因此生氣。你給的零用錢，我依然會心懷感恩收下。有了這筆錢，我才配得上朱麗亞和她的家具。真希望她小時候有養成簡樸的生活習慣，或者別當我室友也是一種選擇。

這算不上什麼信，本來想多寫一點，但我一下子忙著給四面窗簾和三面門簾縫邊（幸好你看不到我的針腳間距多長），一下又要用潔牙粉把黃銅書桌擦亮（這非常費力）。我還得拿尖嘴指甲剪刀，拆掉用來懸掛畫作的鐵絲，另外還有四箱書要拆，兩大箱衣服要整理（萬萬沒想到潔露莎．艾伯特居然有滿滿兩箱的衣服，但這是真的！）。我們還有五十位好朋友陸陸續續返校，必須一邊忙手邊的事，一邊歡迎她們回來。

開學這天真是歡樂多多！

晚安，親愛的叔叔，別因為你的小雞想自食其力而發脾氣。她正一步步成長為充滿活力的小母雞，秉持著堅毅的精神，大聲咯咯叫，還有一身美麗的羽毛（這全是你的功勞）。

敬愛你的朱蒂敬上

九月三十日

親愛的叔叔：

你是不是還在嘮叨那筆獎學金的事？我從來沒見過誰那麼執拗、頑固、不近人情、固執己見、一意孤行，而且還不懂設身處地為別人著想。

你希望我不要接受陌生人的恩惠。

什麼陌生人！那我倒要請教你，你是哪號人物？

在這世上，你是我最陌生的人。就算我們在路上擦肩而過，我也認不出你。但我必須說，假如你之前有表現出你是通情達理的人，像個慈父寫寫信關心、鼓勵你的小朱蒂，偶爾再過來拜訪一下，拍拍她的小腦袋，說你很高興看到她這麼乖巧。那麼，也許她就不會跟你這位老先生唱反調，反而會安安分分當個孝順的女兒，再小的要求都會順你的意。

我們不是陌生人是什麼？史密斯先生，你是五十步笑百步啊！

再者，獎學金不是恩惠，是我認真讀書得來的獎賞。倘若那一學年申請者的英文成績都不夠傑出，校友會也不會硬要發獎學金，像有幾年就沒人得獎。更何況——唉！跟男人爭有什麼用？史密斯先生，你們男人根本不講道理。要讓男人跟我們思維一致，只有兩種方法，不是說花言巧語，就是惹他厭煩。我不屑為了滿足自己的願望而對男人說花言巧語，所以，我只好當個討厭鬼。

先生，我拒絕放棄那筆獎學金。你再鬧下去，每個月的零用錢我也不收了。我會給那些腦袋空空的新生當家教，把自己累到崩潰。

這是最後通牒！

還有，聽清楚了，我有件事要說。既然你那麼怕我領了獎學金，會剝奪別人上學的機會，這裡提供你一個解法。你可以把本來要花在我身上的錢，捐給我們約翰·葛里爾之家，幫助別的小女孩。這點子不錯吧？叔叔，你想怎麼資助她上學都可以，但請務必記住，你心中**最喜歡**的只能是我，不能是她。

雖然祕書在信中給的建議，我當成視而不見，但我相信他不會因此受傷。不過，就算他傷心難過，我也無能為力。叔叔，他被慣壞了。長久以來，不管他出什麼怪主意，我都乖乖照做，可是這次我要**堅守立場**，決不退讓。

心意已決且至死不渝的潔露莎·艾伯特敬上

十一月九日

親愛的長腿叔叔：

今天我到鎮上買黑色鞋油、襯衫領片、上衣布料、紫羅蘭乳霜和橄欖油香皂。這些都是生活必需品。少了它們，我一天的心情就毀了。出門搭車要付錢的時候，我發現我把錢包忘在另一件外套的口袋，只好改搭下一班車，結果體育課就遲到了。

記性差又有兩件外套，真傷腦筋！

朱麗亞・潘德爾頓竟然邀請我去她家過聖誕節。史密斯先生，你怎麼看？沒想到來自孤兒院的潔露莎・艾伯特，竟然能成為有錢人家座上賓。真不知道朱麗亞為什麼會提出邀請。這陣子她似乎滿喜歡我的。

說實話，我比較想去莎莉家，可是朱麗亞先問我了。也就是說，如果聖誕節我真的出門去，那只會是紐約，莎莉家所在的伍斯特市已經不可能了。一想到要跟潘德爾頓家見面，而且還是見**整個家族**，內心不免有些畏懼，何況我還要為此買一大堆新衣服。所以，親愛的叔叔，假如你來信希望我聖誕節乖乖待在學校，我一定會遵照你的意思，像以前一樣聽話。

最近閒來無事的時候，我會讀《湯瑪斯·赫胥黎的生平與書信集》（*Life and Letters of Thomas Huxley*）。這本書不需要動腦，很適合利用瑣碎的時間閱讀。你知道什麼是archæopteryx嗎？

答案是始祖鳥。那stereognathus呢？我也不清楚，應該是某個過渡物種，長得很像有牙齒的鳥，又像有翅膀的蜥蜴。不對，都不是，剛剛查了一下書，發現牠是中生代的哺乳動物。

今年我選修了經濟學，上完課一定會收穫良多。修完經濟學後，我會接著選一門叫「慈善事業與改革」的課。董事先生，到時

這是現存唯一一張stereognathus的畫像。

牠的頭像蛇，耳朵像狗，腳像牛，
尾巴像蜥蜴，翅膀像天鵝，
全身毛髮柔軟滑順得像可愛的小貓咪。

候我就會瞭解孤兒院該有的運作方式。上星期我剛滿二十一歲，如果我有選舉權，絕對會是很棒的選民，你說是不是？可惜我們國家非常浪費人才，把我這種誠實、盡責、聰慧又受過教育的公民丟到一邊，不給我們婦女選舉權。[39]

你永遠的朱蒂敬上

39 本書出版於一九一二年，而美國婦女的選舉權，是從十九世紀末至二十世紀初開始在美國各州逐步實現，最後在一九二〇年通過美國憲法第十九條修正案才達到最高潮。

十二月七日

親愛的長腿叔叔：

感謝你同意讓我去朱麗亞家——我想你沒有來信就是贊成的意思吧。

最近活動多到不行，大家都忙著社交。上星期學校舉辦校慶舞會，過去只有大三、大四可以去，今年是頭一次全校都能參加。

我邀請了吉米．麥可布萊德，莎莉邀請了吉米的大學室友。那位室友一頭紅髮，人很好親近，夏天還跟莎莉家一起露營。朱麗亞邀請的對象來自紐約，雖然人有點無聊，但進退得宜，交際上無可挑剔，而且他還熟識德拉馬特．奇切斯特家族（De la Mater Chichesters）[40]。這個家族在你聽來可能很了不起，但我對他們一無所知，完全無感。

40 奇切斯特（Chichester）位於英格蘭南部，是西薩塞克斯郡的一個古老城市，歷史可以追溯到羅馬時代。作者以此名虛構一個家族，以暗示其血統的古老、高貴。

總之，這些客人在星期五抵達，及時趕上在高年級交誼區辦的下午茶會。茶一喝完，他們又匆匆到飯店吃晚餐。聽說那天飯店客滿，人多到他們必須在撞球桌上排排睡。吉米．麥可布萊德說，他未來如果再受邀參加我們學校的活動，一定會自備他家的露營帳篷搭在校園。

晚上七點半，他們回到學校參加校長主持的歡迎晚會和舞會。活動很快就開始了。我們預先做好男生的名牌，每跳完一支舞，就請他們按照姓氏的第一個字母分組，站到所屬字母的區域，好讓下一位舞伴快速找到他們。舉例來說，吉米．麥可布萊德要站在M區，耐心等候別人邀請他。（規則是這樣，但他等不了，老是到處亂跑，一下去R區，一下去S區，到處跟別人湊熱鬧。）我覺得他這個舞伴很麻煩，竟然因為我們只跳了三支舞而板起臉，還扯說他跟不認識的女生跳會很不好意思。

第二天早上，學校合唱團舉行音樂會。她們有一首新歌很幽默，你猜是誰專門為這場音樂會寫的？沒騙你，就是她。跟你說喔，你家小孤兒的名氣越來越大了！

總而言之，這兩天我們玩得很盡興，我想那些男生也很開心。想到要面對一千名女孩，有的男生一開始很焦躁不安，但他們很快就適應了。我們那兩位來自普林斯頓大學的客人，也度過了一段美好時光——至少他們是這麼說的，很有禮貌吧，還邀請我們參加明年春天普林斯頓大學的舞會。我們已經答應了，所以親愛的叔叔，請別反對。

我、朱麗亞和莎莉都穿了新衣服，想知道是什麼樣子的嗎？朱麗亞身穿米白色的綢緞禮服，上面以金色刺繡裝飾，還配戴了紫色蘭花。這件衣服來自巴黎，號稱花費天價，**美得如夢似幻**。

莎莉是穿一襲淡藍色禮服，上頭鑲有波斯刺繡，跟她的紅髮搭起來非常美。雖然沒到花費天價，但她穿上去的效果不輸朱麗亞那件。

我穿的是淡粉色雙縐紗禮服，綴有米色蕾絲和玫瑰色綢緞，手裡捧著吉米・麥可布萊德送的緋紅色玫瑰（莎莉事先告訴他要買這個顏色）。我們三個人也特地互相搭配，一致穿上長筒絲襪和緞面鞋子，再戴上雪紡圍巾。

女性服飾有這麼多細節，你一定很佩服吧？

叔叔，我不禁覺得，男人的生活真的很枯燥。在他們聽來，雪紡、威尼斯針織蕾絲、手工刺繡、愛爾蘭鉤針，這些字眼一點意義也沒有。不像女人，管她喜歡小嬰兒、微生物、丈夫、詩歌、傭人、平行四邊形、園藝、柏拉圖還是橋牌，她的心頭好千古不變，絕對是衣服。

這個天性使全天下親如家人。（這句話不是我自創的，是引用自莎士比亞的戲劇。）

話說回來，我最近發現一個祕密，你想聽嗎？但要保證，聽完不會覺得我很愛慕虛榮喔。聽好囉，祕密是：

我很漂亮。

這是真的，我房間擺了三面鏡子，沒發現的話就太笨了。

你的朋友敬上

附記：有的小說會出現壞心眼的匿名信件，就像這封。

十二月二十日

親愛的長腿叔叔：

我只能寫一下下，等等有兩堂課要上，還要整理大行李箱和手提箱，趕四點的火車。儘管如此，出發前我還是想寫封信，告訴你我有多喜歡你送的聖誕禮物。

那些毛皮大衣、項鍊、高級的利柏提圍巾[41]、手套、手帕、書本和錢包，我統統愛到不行——不過，我最愛的還是你！但是叔叔，你完全**沒有必要**這麼寵我。我只是個平凡人，還是個很普通的女孩。這些俗世的浮華只會轉移我的注意力，你叫我如何專心致志，用功讀書？

孤兒院有位董事年年送我們聖誕樹，每個星期天的冰淇淋也是由他資助。現在我很有把握能猜出他的真實身分。雖然他不具名，但從這些作為就知道是誰了。叔

41 英國老字號布商利柏提（Liberty Fabrics）成立於一八七五年，專門生產布料、衣飾，以高超工藝聞名於世。

叔你做了這麼多好事，一定能過上幸福快樂的生活。

再見啦，祝聖誕快樂。

你永遠的朱蒂敬上

附記：我也送了份小禮物給你。假如你認識她，你會喜歡她嗎？

一月十一日

叔叔，本來想在紐約給你寫信，但那裡太過繁華喧鬧，我實在分不出神。

這個假期令我大開眼界，很有意思，可是另一方面，我也很慶幸自己沒有生在那樣的家庭。我打從心底寧願在約翰．葛里爾之家長大。我的成長背景再不好，也不至於讓我變成矯揉造作的人。以前常聽別人說，他們被身外之物壓得喘不過氣，現在我終於懂了。朱麗亞家的物質生活令人窒息，我大氣都不敢喘一下，直到回程坐上火車才鬆了口氣。她家的家具樣樣經過精雕細琢，裝飾得很華美，看起來氣派非凡。這裡的人無一不講究穿著，說話斯斯文文，修養有素。可是叔叔，說真的，從踏進大門到離開的那一刻，我一句真話都沒聽到。進了這座大宅，言談都變得空洞無物。

朱麗亞媽媽成天想著金銀珠寶、裁縫名師和社交宴會，跟莎莉媽媽迥然不同。哪天我結婚成家，我一定會以莎莉家為榜樣教育子女。就算給我全世界的財富，我也絕對不會低頭讓我家孩子變成潘德爾頓家的人那樣。

批評招待過我的人，似乎很沒禮貌。如果我太沒規矩，還請見諒。這是你我之間的祕密，絕對不能洩漏。

我只見到賈維少爺一次，那次他來喝下午茶，可惜我沒有機會跟他單獨聊聊。去年夏天我們玩得那麼開心，這次沒聊到天有點失望。我覺得他對親戚滿不在乎的，不過我敢說那些親戚也沒對他上心到哪裡！朱麗亞媽媽說他思想齷齪，竟然支持社會主義，幸好老天保佑，他沒有留長髮也沒有打紅領帶。說到那些古怪的思想，朱麗亞媽媽怎麼也想不透他是從哪裡學來的，明明潘德爾頓家世世代代都信奉英國國教。

朱麗亞媽媽還說他把錢浪費在千奇百怪的瘋狂改革上，不去買些像樣的東西，像是遊艇、汽車和打馬球騎的馬。說是這麼說，他還是肯花錢買糖果的，像聖誕節他就送我和朱麗亞一人一盒糖。

跟你說喔，我將來大概也會支持社會主義。叔叔，你不介意吧？社會主義和無政府主義差很多，我們不會拿炸彈把人炸飛。按理說，我應該是社會主義者沒錯，因為我生來就是無產階級。我還沒決定要支持哪個學派的社會主義，等我星期日研究一番後，下封信再跟你報告我的主張。

我在紐約看到非常多劇院、飯店和美輪美奐的住宅，到處都是縞瑪瑙、鍍金物品、馬賽克藝術地板和棕櫚樹，弄得我頭腦一團亂。到現在，那股窒息感依舊存在，幸好我已經回到學校與書本作伴。果然，我骨子裡就是學生。比起紐約，校園的書卷氣更讓我精神煥發。大學生活非常愜意，讀書、學習、上課可以怡情養性，精神不濟時，還有體育館和戶外場地可以運動，而且身邊無時無刻都有一群志趣相投的朋友。我們可以整晚什麼都不做，一直聊、聊、聊，海闊天空地聊個沒完，然後帶著澎湃的心情上床睡覺，彷彿我們替全人類解決了迫在眉睫的大難題。談笑間的每個空白，都塞滿了無厘頭的笑話，再小的事都能東拉西扯胡鬧一下，非常痛快。我們個個妙語如珠，講一講還會佩服起自己呢！

幸福不是生活發生多少大喜之事，而是讓平凡的喜悅積沙成塔。叔叔，我發現幸福的奧祕就是活在**當下**。不要沉浸在對過去的懊悔，也不要耽溺在對未來的期盼，而是要盡可能享受每一刻。就好比種田，你可以選擇粗放或集約，分散注意力或全神貫注。而我呢，從今以後要全神貫注，享受眼前的每一秒鐘。在享受的當下，我會清清楚楚知道我樂在其中。真正在生活的人很少，大多數人只把人生當成比賽，一味地往前衝，一心想抵達遠方地平線的目的地。他們跑到全身燥熱難耐，上氣不接下氣，根本毫無心力欣賞沿途美麗而靜謐的景色。等回過神來，他們只看見自己白髮蒼蒼，一臉憔悴，而抵達目的地與否，都改變不了這個事實。我決定，我要沿路走走停停，坐下來把小小的喜悅一點一滴累積，哪怕一輩子都當不了大作家也無所謂。像我這樣的女哲學家，你可見過？

你永遠的朱蒂敬上

附記：今晚下起傾盆大雨，我在窗臺看到好幾個盆子從天而降。

・星期一第三節課

親愛的同志：

萬歲！我支持費邊社會主義（Fabian）。

我們學派很有耐心，不會硬要在明天一早掀起社會革命，搞得天翻地覆。我們希望能布局未來，循序漸進展開改革。等大家準備好，有辦法承受衝擊，再來談革命。

在那之前，我們必須做足準備，實行工業、教育和孤兒院改革。

同志情誼深厚的朱蒂敬上

二月十一日

親愛的長腿叔叔：

請別因為我寫得太簡短而生氣。這不是信喔，我只是想寫幾句話，告訴你等大考結束，我會盡快寫信過去。現在不能只求及格，成績還必須夠漂亮，才能保住我的獎學金。

用功讀書的朱蒂敬上

三月五日

親愛的長腿叔叔：

今晚我們聽了凱勒校長的訓話，他說我們年輕人態度輕挑，思想膚淺，失去前人奮發圖強的鬥志，也不再認真做學問。這種不進反退的現象，明顯能從我們不尊重組織權威的態度觀察到，我們年輕一代對長輩不再彬彬有禮。

走出教堂後，我認真咀嚼這段話。

叔叔，我是不是太沒大沒小了？我應該對你尊敬一點，保持應有的距離，對不對？沒錯，就是這樣，請容我重寫這封信。

⁂

親愛的史密斯先生：

向你報告好消息，我順利通過大考，正準備上新學期的課。學完定性分析後，化學課總算告一段落，即將開始上生物課。這門課要解剖蚯蚓和青蛙，讓我有點卻步。

上星期我在教堂聽了一場很棒的講座，講題是法國南部的羅馬遺址，內容趣味無窮。講者深入淺出，著實讓我收穫良多。

英國文學課正在教華茲華斯（Wordsworth）的作品〈丁騰修道院〉（Tinturn Abbey）。這首詩寫得非常細膩，充分體現他的泛神論思想。十九世紀初的浪漫主義運動，以雪萊、拜倫（Byron）、濟慈（Keats）和華茲華斯這些詩人的作品為代表。比起前一段古典時期，浪漫時期的作品更深得我心。說到詩歌，你有讀過丁尼生的〈洛克斯利莊園〉（Locksley Hall）嗎？這首詩很引人入勝。

最近我上體育館運動的時間很規律。學校制定了新的訓導長制度，不乖乖照規則走會很麻煩。體育館內有一座校友捐贈的游泳池，是用水泥和大理石蓋的，非常漂亮。我的室友麥可布萊德小姐送給我她的泳衣（那件縮水太嚴重，她穿不下），所以我很快會開始上游泳課。

昨天晚飯的甜點是粉紅色冰淇淋，很好吃。為顧及食物美觀和學生健康，學校極度反對使用人工色素，只准使用蔬菜汁液幫食物染色。

這陣子天氣很完美，陽光明媚，藍天白雲，偶爾下幾場暴風雪，非常剛好。我和朋友很享受走路上下課的時光，尤其下課一起散步更是快樂。

敬祝親愛的史密斯先生如往常健康平安。

你最親切且禮貌的潔露莎・艾伯特敬上

四月二十四日

親愛的叔叔：

春回大地！校園一片鳥語花香，真希望你也能欣賞這片美景，或許你可以親自來一趟。賈維少爺上星期五再次來訪，可惜他來的時間很不湊巧，我、莎莉和朱麗亞正趕著去搭火車。

你猜我們要去哪？答案是去普林斯頓大學參加舞會和看球賽，你沒聽錯！我沒有事先徵求你的同意，因為我有預感你的祕書不會答應。不過一切都有照規矩喔，我們向學校請了假，並且請莎莉媽媽陪同我們。大家玩得非常開心，細節我就不贅述了，因為實在太多太複雜。

・星期六

天還沒亮我們就起床了！值班警衛把我們六個人叫醒。我們用保溫鍋煮咖啡，殘留的咖啡渣多到你無法想像！喝完咖啡，我們爬到獨樹山（One Tree Hill）山頂看日出，路程一共三公里多，最後一段斜坡還必須手腳並用！太陽升得很快，差點看不到日出！你以為我們會累到吃不下早餐嗎？才沒有，大家回去都食慾大開！

天啊，叔叔，我今天用了真多感嘆句，滿篇都是驚嘆號。

本來想多寫一點，講講枝頭吐露新芽，還有操場新鋪一條煤渣跑道，還有

明天要上可怕的生物課。

湖上多了幾艘獨木舟，凱瑟琳・普蘭提斯得了肺炎。還有喔，普瑞希養的安哥拉小貓溜出家門之後，跑來我們這棟宿舍，待了兩個星期才被清潔女工發現。

另外，我新買了三件連身裙，白色、粉色和藍色圓點各一件，還買了帽子搭配。

想說的很多，但我好睏。我是不是很常拿想睡覺當藉口？讀女子大學有太多事要忙，整天下來真的很累！更何況今天天還沒亮就起床了。

敬愛你的朱蒂敬上

This is Prexy's
kitten. You can see
from the picture how
Angora he is.

這是普瑞希養的小貓，看圖就知道牠是品種很純的安哥拉貓。

五月十五日

親愛的長腿叔叔：

坐車時直直盯著前方，無視身邊的人，這樣算有禮貌嗎？

今天有位很美的女士上了車。她穿著一件很美的天鵝絨連身裙，面無表情坐了十五分鐘，眼睛只盯著吊褲帶的廣告看板。這種把旁人當空氣、一副唯我獨尊的模樣，感覺不太禮貌。再說了，這麼做會錯過很多東西。她目不轉睛盯著那個愚蠢看板的時候，我在觀察車上人類的千姿百態。

在此附上一張首度公開的插畫：繩子的末端看似吊著一隻蜘蛛，但這麼想就錯了。這是我在

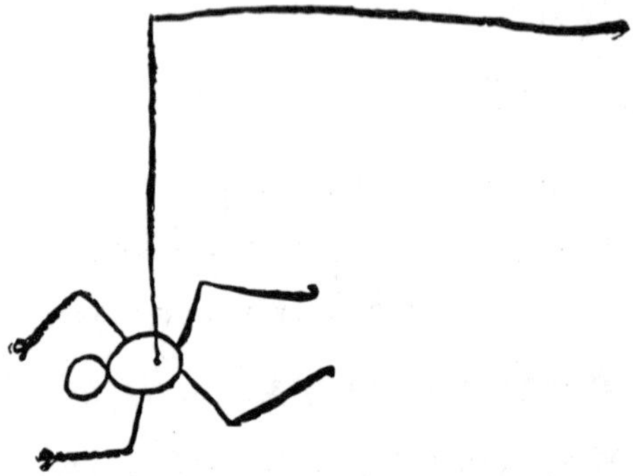

體育館游泳池學游泳的模樣。

教練拿一條繩子鉤住我背部腰帶的圓環，接著把繩子穿過天花板的滑輪，用手拉著。這個教法好是好，但前提是學生要夠信任教練人品。我老是擔心教練會把繩子鬆開，所以一直緊張兮兮地用一隻眼睛看著她，另一隻用來游泳。這樣一心二用，害我進步很慢。

最近天氣變化多端，剛剛下筆時還在下雨，現在卻出大太陽。我和莎莉打算去外面打網球，這樣就不用上體育課了！

・一星期後

我早該把這封信寫完，但事與願違。叔叔，我寫信這麼不規律，你不介意吧？

我是真心喜歡給你寫信，感覺很有面子，彷彿我也有家人。跟你說一件事，你想聽嗎？其實我不只寫信給你，還寫給另外兩個人！去年冬天，賈維少爺開始寄來一封封長信（信封是用打字機打的，以免朱麗亞認出字跡）。他寫信給我很讓人驚訝吧？大概每星期，我也會收到一封從普林斯頓大學寄來的信，通常是用大張黃色橫條紙寫的，字跡龍飛鳳舞。收到信我都會盡快回覆。看到了吧，我跟其他女孩也沒差多少，也會有人寫信給我。

我有說過我獲選進入高年級戲劇社嗎？這個社團很**搶手**，一千人中只有七十五人入選。你覺得我這個堅信社會主義、講求機會均等的人，應該參加嗎？

你猜我現在最關注社會學哪個方面？我正在寫一篇論文，題目是「照顧失依兒童」（**猜不到吧？**）。教授先把題目寫在一些紙上後隨機發給同學，我恰巧拿到這個題目，**是不是很妙？**[42]

晚飯鐘聲響了，等一下經過郵筒就把信寄了。

敬愛你的朱蒂敬上

42 此信內的楷體字原以法文書寫。

六月四日

親愛的叔叔：

最近忙翻了，十天後是學姐的畢業典禮，明天是期末考，有一堆書要讀，還有一堆行李要整理。看著外頭風光明媚，關在室內真叫人痛苦。

算了，沒關係，反正暑假近在眼前。朱麗亞今年計畫出國，她已經出國三次了。叔叔，不可諱言，資源分配不均啊！莎莉和往年一樣會去阿第倫達克山露營。你猜我的計畫是什麼？給你三次機會猜。你說羅克威洛農莊？不對。跟莎莉家去露營？錯。（去年的事讓我心灰意冷，再也不想白費力氣。）就不能猜點別的嗎？你的想像力不夠豐富喔。叔叔，如果你答應我不會事事跟我作對，我就告訴你。我已經事先警告你的祕書說我心意已決。

這個暑假，我打算跟查爾絲・派特森太太和她女兒去海邊。她大女兒是準大學生，即將在秋天入學，暑假我會先當她的家教。派特森太太是透過莎莉家認識的，是一位非常討人喜歡的女士。到時候我也會教她小女兒英文和拉丁文，也會有一些自由活動的時間，一個月還能進帳五十美元呢！你不覺得這筆家教費高得誇張嗎？這是派特森太太開的價，要是由我來開口，我最多只敢收二十五美元，再多就不好意思了。

她們家在馬諾利亞（Magnolia），我會在那裡待到九月一日，剩下三週應該會去羅克威洛農莊，我很想再見見桑普爾夫婦和那些可愛的動物。

叔叔，你覺得我的安排如何？看吧，我一天比一天獨立。你幫助我站穩腳步，現在我幾乎可以靠自己走了。

普林斯頓大學的畢業典禮跟我們學校的期末考剛好撞在一起，真是太可惜了！我和莎莉很想趕去參加，但想當然是絕對趕不上。

再見，叔叔。祝你有個愉快的夏天，養精蓄銳後好好迎接秋天，下一年再接再厲。（這些話本該是由你說才對！）我根本不知道你夏天會做什麼，又是如何消磨時光。我想像不出你的生活環境。你打高爾夫球嗎？還是會打獵或騎馬？或是喜歡單純坐在太陽底下想事情呢？

總之，不管你做什麼，都祝你順心如意，還有別忘了朱蒂喔。

六月十日

親愛的叔叔：

這封信實在難以下筆，但我已經下定決心，絕對不會反悔。謝謝你提議暑假送我去歐洲，你是個大好人，慷慨又令人敬愛。我一度非常想去，心情非常激動，不過冷靜下來思考後，我必須婉拒你。是我先說不跟你拿學費的，假如現在又拿這筆錢去玩樂，就太不合理了！

你萬萬不可養成我奢侈的習慣。不曾擁有就不會多想，可一旦開始認為某件事物本來就屬於自己，生活就很難沒有它。跟莎莉、朱麗亞住一起，很考驗我清心寡欲的生活哲學。她們一出生就擁有很多東西，不僅視幸福為天經地義，還認為無論她們想要什麼，都是世界欠她們的。也許世界的確虧欠她們很多，想把債一一還清，要不然她們怎麼能要什麼有什麼。可是我呢，打從我呱呱墜地那一刻，世界就很明白地告訴我，它跟我兩不相欠。我無權要求賒帳，因為總有一天世界會駁回我的請求。

我似乎用了太多比喻，寫到自己都陷了進去，希望你懂我的意思。無論如何，我深深覺得我唯一能心安理得做的事，就是暑假當家教，開始自力更生。

※

•四天後於馬諾利亞

上一封信剛寫完，你猜怎麼著？女傭竟然送來賈維少爺的明信片，上面說他夏天會出國，而且是獨自一人，不會和朱麗亞一家同行。我告訴他說，叔叔你也邀請我出國玩，還請了一位夫人照看我和一群女孩。叔叔，他知道你的存在。換句話說，他知道我父母已經離世，能上大學都是多虧一位好心人。我沒有勇氣說約翰·葛里爾之家等等的細節。他以為你是我的監護人，跟我們家是世交。我不曾跟他說我不認識你，那太奇怪了！

話說回來，他堅持要我去歐洲，說出國也是一種教育，對我不可或缺，一直說我絕對不能拒絕。而且他說他那時人也在巴黎，到時候我們可以偶爾從夫人眼皮底下溜走，到好吃又好玩的異國餐廳用餐。

說真的，叔叔，我很心動，甚至差點投降！要不是他作風太獨斷，我早就拜倒在地答應他了。我吃軟不吃硬，想說服我只能一步步慢慢來，硬逼我是行不通的。他說我這個孩子又傻又蠢，還不明事理、不切實際，和白痴一樣固執（他形容我的惡言惡語不只這些，只是其他我都忘了）。他還說我不知好歹，應該聽從長輩的意思。我們簡直快大吵一架，就算沒那麼嚴重，我想應該也算吵滿凶的！

總而言之，我迅速收拾行李來到這裡，覺得先把退路斬斷、把路過的橋都燒了，再寫這封信才是上策，而現在那些橋早已化為灰燼。此刻我人在「懸崖之頂」（這是派特森太太一家給小屋取的名字），已經把行李打開整理好，也開始幫小女兒芙羅倫絲上課。她正在學拉丁文的第一類名詞變格，讀得苦不堪言，但她會這麼苦也不無道理，畢竟她被寵得無法無天。而且現在看來，我得先教她怎麼讀書，因為她這輩子最專心的時刻，是喝冰淇淋汽水的時候，從來沒做過比這更難的事。

派特森太太希望我可以把她女兒帶到戶外，於是我們選定崖上的一個角落上課。必須說，面對一片湛藍大海，船隻時不時駛過眼前，真的很難集中精神。一想到自己或許也能搭上其中一艘、航向遠方的異域國度，我就得趕緊把思緒拉回來，專心教拉丁文文法。

拉丁文前綴a或ab、absque、coram、cum、de、e或ex、prae、pro、sine、tenus、in、subter、sub以及super，均支配奪格。

叔叔，如你所見，我一頭栽進工作，全神貫注，不受眼前誘惑影響。請別生我的氣，也不要覺得我忘恩負義。我自始自終都對你心懷感激，而我報答你的唯一方式，就是成為非常有用的公民（等等，女性算公民嗎？我想不算）。總之，我要成為非常有用的人。到時候，你可以對著我說：「我為世界栽培了非常有用的人。」

叔叔，聽起來很棒吧？不過不要想得太美喔，因為我常常覺得自己沒什麼過人之處。雖然規畫未來職涯很有趣，但我十之八九也只會是個普通人，和其他人沒有兩樣。說不定我最後會嫁給葬儀業者，在工作上帶給他靈感。

你永遠的朱蒂敬上

八月十九日

親愛的長腿叔叔：

從我的窗戶望出去，可以看見最美麗的風景——應該說海景才對。這裡除了海水和岩石，什麼都沒有。

夏天一天天流逝。每天早上我都幫那兩個腦袋空空的女孩上課，教拉丁文、英文和代數。真不知道瑪莉安是怎麼進大學的，開學後念不念得下去也是個問題。至於芙羅倫絲，她簡直沒救了——可是啊，她有一張漂亮的臉蛋。我覺得只要長得漂亮，笨不笨都無所謂。但我不禁會想，將來她們的談話一定會讓先生無聊死，除非這對姐妹運氣好到能嫁給笨蛋老公。這滿有機會的，世界上到處都是沒有腦的男人，這個夏天我就見識到不少。

到了下午，我們會去崖邊散步，沒漲潮的話就去游泳。現在我可以輕輕鬆鬆在大海裡悠游——你看，我學的那些派上用場了！

賈維斯．潘德爾頓先生從巴黎寄信過來，內容簡明扼要。我不願聽他的勸，他還在氣頭上。不過他要是能及時回來，就會去羅克威洛農莊跟我待上幾天。如果我有好好表現，乖乖聽話，他應該會跟我重修舊好（這是我從信中推斷的）。

莎莉也寄來一封信，邀請我九月去她家營地待兩個星期。我非得事事徵求你的同意不可嗎？難道我還不能隨心所欲嗎？我已經夠大了吧？沒錯，我已經長大了，你也知道，我是準大四生。工作一整個夏天，我想做些有益身心的休閒活動，像是去看看阿第倫達克山，見見莎莉，會會她哥哥。他要教我划獨木舟。再說，（講到我最主要的動機，很壞心眼喔），我想讓賈維少爺撲一場空，讓他到了農莊卻見不到我。

我**鐵了心**要讓他明白，他不能對我發號施令。誰都不能，只有叔叔你可以——但你也不能一天到晚這樣做！我要出發去森林了。

朱蒂敬上

九月六日
麥可布萊德營地

親愛的叔叔：

你的信來晚了（真慶幸）。想讓我遵從你的指示，請讓祕書在兩星期內把信轉寄給我。所以，如你所見，我來營地五天了。

森林很美，營地很棒，天氣很好，莎莉一家很和善。世界是那麼美好，我樂得心花怒放！

吉米在叫我了，要我去划獨木舟。再見，抱歉沒有聽你的話，但你何必那麼固執，硬是不讓我玩一下？我可是整個夏天都在工作，放兩星期的假也不為過。你根本就是自己不玩又不讓我玩嘛！

不過呢，叔叔，就算你缺點重重，我還是一樣愛你。

朱蒂敬上

十月三日

親愛的長腿叔叔：

我已經順利返校，升上大四，還當上《月報》校刊的編輯。四年前我還關在約翰・葛里爾之家，沒想到短短幾年內涵養就變得這麼高深，真是不可思議，對吧？果然大家都能在美國一飛衝天呢！

這件事你怎麼看？賈維少爺寄信到羅克威洛農莊，之後信又轉寄到這裡。他說他已經答應幾個朋友要一起搭遊艇出遊，所以秋天去不了農莊，對我很抱歉。他希望我夏天玩得愉快，好好享受農村風光。

賈維少爺根本在裝傻，他明明知道我去找莎莉一家，朱麗亞有告訴他！你們男人就別耍小手段了，手法實在很不高明，這件事只有我們女人做得來。

朱麗亞搬來一大箱美麗動人的新衣服，其中一件晚禮服是用七彩的高級縐紗製作，給在天堂翱翔的天使穿再適合不過。今年我請了一位收費低廉的裁縫師，幫我按照派特森太太的服裝樣式做了幾件禮服。雖然成品沒能一模一樣，但我已經非常滿意。本來我以為自己今年的新衣服已經空前漂亮（有「空前」這個字眼嗎？），可是朱麗亞打開行李的剎那，我的好心情全沒了。不過現在，我只想親自到巴黎走一回！

親愛的叔叔，你應該很慶幸自己不是女生吧？我們為了衣服煞費苦心，你八成覺得蠢到不行。的確很蠢，我不否認，但這都怪你。

你知道那位博學多聞的赫爾教授嗎？他很鄙視人們佩戴不必要的飾品，一心認為女性就該穿樸素實穿的衣服。他的太太對他百依百順，就這麼接受了先生的「服裝改革」。結果你猜這位教授做了什麼好事？他竟然跟歌舞女郎私奔了。

你永遠的朱蒂敬上

附記：我們這條走廊的清潔女工圍著藍色格紋圍裙，我打算送她幾件棕色的，然後把她現在穿的扔進湖底。每次看到格紋圍裙，就讓我想起以前的生活，害我直打冷顫。

十一月十七日

親愛的長腿叔叔：

我的寫作事業大受打擊，不知道該不該跟你說，可是我需要別人同情——默默同情就好，請別來信提及這件事，那會重揭我的傷疤。

去年冬天的每個晚上，還有今年夏天的閒暇時間，也就是不用教那兩個笨小孩拉丁文的時候，我都在認真寫書。我趕在開學前完稿，寄給出版社。兩個月沒消沒息，本來我以為已經得到青睞，哪知昨天早上收到一個快遞包裹（還付了三十美分郵資）。是的，我被退稿了。出版社附上一封信，口吻如慈父般和善——但用語直得很！信上說，看地址就知道我還是學生，假如我願意聽取建議，他認為我應該先專心讀書，畢業後再寫作，以下是他附上的讀者感想：

「情節荒誕，人物誇大，對話生硬。雖不乏幽默之處，但有時流於庸俗。請轉告她繼續努力，有朝一日一定能寫出像樣的書。」

叔叔，不全是漂亮話，對吧？說真的，我還以為自己能為美國文學帶來卓越貢獻。本來計畫在畢業前寫本厲害的小說，給你一個驚喜，趁著去年在朱麗亞家過聖誕節的時候為這本書取材。不過，我想編輯也沒錯，要觀察大城市的風俗民情，兩星期恐怕不夠。

昨天下午，我帶著稿子出去散步。經過學校的煤氣廠時，我走進去問技工能不能借用火爐。他很客氣，直接把爐門打開。我親手把稿子丟了進去，感覺就像把我唯一的親生骨肉送去火化！

昨晚我躺在床上，灰心喪志到極點，覺得自己未來鐵定一事無成，而叔叔你白白浪費了一筆錢。可是你猜怎麼樣？今天早上起床的時候，我腦中又浮現一個很棒的故事。我整天都在構思人物，想得不亦樂乎。我就是個樂天派，誰敢說我悲觀？要是我結了婚、生了十二個小孩，結果地震把我先生、子女全部奪走，我想我隔天還是能打起精神，揚起笑容，出門尋找新對象，再組一個家庭。

敬愛你的朱蒂敬上

十二月十四日

親愛的長腿叔叔：

我昨晚做了一個無比好玩的夢。我走進一家書店，店員給我一本新書，書名叫《朱蒂．艾伯特的生平與書信集》。我看得清清楚楚，書衣是紅色的，封面是約翰．葛里爾之家，書名頁旁邊附有我的肖像，底下寫著「你最誠摯的朱蒂．艾伯特敬獻」。可是就在我翻到最後，想看看自己的墓碑碑文時，我卻醒來了。真是氣死人了！差點就知道我會嫁給誰，又是何時死去。

假如有個無所不知的作家一五一十寫下你的生平，而你又能讀到，那一定很有意思。但想讀它的話有個條件，就是讀了你就忘不掉。這輩子接下來做任何事，你都會預先知道結果，連自己準確的死亡時間也能預見。叔叔，你覺得有多少人有勇氣翻開這本書？或者說，縱使讀了就要過上零希望、零驚喜的生活，又有多少人能忍住好奇心不翻開呢？

生活已經夠單調了，吃飽睡，睡飽吃，日復一日。但想想看，要是茶餘飯後總是波瀾不驚，生活豈不是單調到死？唉呀！叔叔，墨水滴到紙上了，可是我已經寫那麼多了，不想換一張信紙。

今年我會繼續修生物學，這門課太好玩了。我們正在學消化系統，真想讓你看看貓咪十二指腸的橫切面在顯微鏡下有多可愛。

我們也在上哲學課。哲學有趣是有趣，但太虛無飄渺了，我還是比較喜歡生物課，可以把討論主題釘在板子上。墨水又滴了！又一滴！這枝筆淚流滿面，請原諒它止不住眼淚。

你相信自由意志嗎？我百分之百相信。有的哲學家認為，人的行動一概是由遠因積累而成，是必然發生的結果。但是，我不認同這種論調，這根本是置道德於不顧。要真像他們所說，大家做錯事都不用負責任了。相信宿命論的人，想當然只要坐下來說一句：「一切聽天由命。」然後繼續坐在原地，等著倒地而死就好。

我完全相信自己的自由意志，也相信我有能力闖出一片天，這份信念足以撼天動地。等著看我成為大作家吧！新書的前四章已經完成，另外五章的草稿也打好了。

這封信真深奧，叔叔，你看了頭有很痛嗎？差不多該停筆了，我們要去做牛奶軟糖。真可惜沒辦法寄給你一塊，我們打算用真正的鮮奶油和三塊奶油球來製作，味道絕對是人間美味。

敬愛你的朱蒂敬上

附記：體育課正在教很高雅的舞蹈。你看我畫的，我們多像芭蕾舞團啊！最旁邊踫起腳尖優雅旋轉的是我。沒錯，就是我。

十二月二十六日

很親愛、很親愛的叔叔：

你是哪根筋不對嗎？難道你不曉得不該送女孩子十七件聖誕禮物？

別忘了，我支持社會主義，你是想讓我變成千金大小姐嗎？

要是哪天我們鬧翻了，我還得雇一輛貨車把禮物載去還你。光用想的就很尷尬！

不好意思，我送的領帶歪歪扭扭，是我親手織的（看到領帶背面織成那樣，想必你就猜到了）。建議你等天冷的時候再打這條領帶，記得把大衣扣到最上面。

叔叔，萬分感謝，你是全天下心地最好的人——

也是最傻的一個！

隨信附上露營時撿來的四葉草，祝你新年好運連連。

朱蒂敬上

一月九日

叔叔，你想積點功德，讓自己永世獲得救贖嗎？有一家人生活極度貧困，爸爸媽媽和四個小孩住在一起，另外兩個年紀稍長的兒子離家謀生，但他們杳無音訊，不曾寄錢回來。爸爸本來在玻璃廠上班，可是工作太傷身，不幸得了肺結核，目前在醫院治療。醫療費讓他們傾家蕩產，養活全家的重責大任落在二十四歲的大女兒身上。

她白天做衣服，一天賺一塊半美元（前提是要有衣服可做），晚上繡餐桌布補貼家用。她媽媽身體不好又篤信宗教，沒有半點用處，老是雙手合十，坐在椅子上動也不動，只會聽天由命。反觀大女兒是死命工作，家計重擔壓得她喘不過氣，每天還憂心忡忡，擔心一家人沒辦法熬過今年冬天，而我也不知道他們冬天該如何是好。一百美元就能讓他們買些煤柴燒火，添幾雙鞋子給三個小朋友穿去上學，大女兒也能稍微喘口氣，不必因為幾天沒工作而著急得要命。

你是我認識最有錢的人，捐一百美元應該還可以吧？那女孩比我更需要幫助，要不是為了她，我也不會開口。我不怎麼關心她媽媽，她太軟弱了。

每次看到這樣的人我就怒火中燒。他們明明知道大事不妙，卻還兩眼看向上天說：「也許一切都是最好的安排。」他們管這叫謙卑、認命還是什麼的，在我看來不過是坐以待斃。我喜歡更積極進取的信仰！

哲學課要進入最難懂的部分了，明天整堂都要講叔本華（Schopenhauer）。教授好像沒意識到我們還有別的科目要讀。他是個古怪的小老伯，常常飄進自己的世界，一臉恍惚地眨著眼睛，偶爾才回到地球。有時候他會開點玩笑，想讓上課氣氛輕鬆一點，大家也會擠出笑容回應，但我保證一點也不好笑。他在課堂中間的休息時間老是在思考物質是真的存在，還是只存在於他的想像。

我打包票，那個成天做針線活的女孩，絕對相信物質真的存在！

你猜我新書的稿子在哪裡？

在垃圾桶。我有自知之明，這本書寫得很差。連把作品當寶的作者都這麼想了，給挑剔的一般大眾讀，還能獲得什麼好評嗎？

・幾天後

叔叔，我在床上忍著病痛給你寫信。我的扁桃腺已經腫了兩天，只能喝熱牛奶果腹。醫生問我：「妳的父母到底在想什麼，怎麼沒趁妳小時候把扁桃腺切除？」我也不曉得，我連他們有沒有為我操過心也很懷疑。

你的朱蒂敬上

・隔天早上

寄信之前我又讀了一遍，真不知道我為什麼把生活寫得那麼愁雲慘霧。在此快速澄清，叔叔你大可放心，我年輕、快樂又活力充沛，我想你也一樣。年不年輕跟歲數沒關係，有沒有朝氣才是關鍵。

叔叔，就算你白髮蒼蒼，還是可以保有童心。

敬愛你的朱蒂敬上

一月十二日

親愛的慈善家：

昨天收到你給那家人的支票，感激不盡！

午餐過後，我翹掉體育課去找他們。真希望你也能在現場看看那女孩的表情！她又驚又喜，鬆了一大口氣，看起來又恢復了青春活力。明明她才二十四歲，真令人同情。

總之，她覺得自己現在好運連連。有一對新人要結婚，請她幫忙辦嫁妝，未來兩個月不愁沒工作。

她媽媽弄清楚那張小紙條是一百美元的時候，大叫了一聲：「感謝上帝！」

我說：「才不是上帝，是長腿叔叔。」（當下我是說史密斯先生。）

她說：「但是是上帝讓他想這麼做的。」

我說：「絕對不是！是我說動他的。」

年。

不管怎麼樣，叔叔，我相信上帝會給你應有的獎賞。你可以在煉獄少受苦一萬年。

無比感激你的朱蒂・艾伯特敬上

二月十五日

尊敬的陛下：

今日早膳是冷火雞派與鵝肉，另喚人端來一杯之前不曾品過的中國茶。

叔叔，別緊張，我沒吃錯藥，只是在引用十七世紀英國政治家山繆・皮普斯（Sam'l Pepys）的話。我們在上英國史，正好讀到他的日記。現在我、莎莉和朱麗亞很常學一六六〇年的人說話，像是日記這段：

「吾赴查令十字路（Charing Cross）看哈里森少校（Major Harrison）服絞刑。他遭開膛剖肚、大卸四塊，淒慘模樣無異於所有凡夫俗子。」還有這句：「與夫人一同進餐，昨日其手足因斑疹傷寒病歿，夫人著喪服哀悼。」

服喪沒多久就會客，似乎稍嫌過早，對吧？皮普斯的朋友還幫國王出了餿主意，建議國王把陳年腐壞的糧食賣給窮人，藉此償還債務。叔叔你貴為社會改革家，這主意你怎麼看？我覺得現在的人沒有報紙寫得那麼壞心腸啦！

皮普斯對服裝的熱情不輸女生，他的治裝費是太太的五倍，看來那時候是做丈夫的黃金年代呢。你看他下面這段寫得多坦率，令人心有戚戚焉。他說：「鑲有金扣子的駱駝絨斗篷於今日送達，所費不貲，祈禱上帝讓我付得起這筆錢。」

請原諒我不斷提到皮普斯，我最近在寫他的專題報告。

叔叔，你怎麼看？學生自治會取消十點熄燈的規定，只要沒有干擾到別人，現在想整夜挑燈都可以，但不能邀太多人到自己宿舍玩。結果呢，人性真是太妙了。明明可以盡情熬夜，大家卻沒這麼做，反而九點一到就開始打瞌睡，到了九點半，連手中的筆都沒力氣握住。現在正是九點半，晚安。

•星期日

我剛從教堂回來，今天來了一位喬治亞州的牧師。他說我們千萬不可為了培養聰明才智，而拋棄女生柔情似水的本質——但我私以為他的講道貧乏枯燥（這裡再次引用皮普斯的話）。管這些牧師是來自美國還是加拿大哪個地區，也不管他們隸屬哪個教派，他們說的話都千篇一律。這些人怎麼不去男校講道，勸告男生別用腦過度，免得男子氣概消磨殆盡？

今天天氣很好，天空萬里無雲，大地結上一層冰。我、莎莉、朱麗亞、瑪蒂・基恩和艾莉諾・普拉特（後面兩個是我朋友，沒跟你介紹過），我們打算一吃完飯就換上短裙，越過田野，到水晶泉農莊吃炸雞和鬆餅，晚餐後再請水晶泉先生駕馬車載我們回學校。學校門禁是七點，但今晚我們想請校方通融一下，八點再回去。

再見，心地善良的好先生。

很榮幸能做你最忠誠、盡責、忠貞、聽話的僕人。

朱蒂・艾伯特敬上

三月五日

親愛的董事先生：

明天是三月的第一個星期三，也是約翰．葛里爾之家忙得筋疲力竭的日子。大家得撐到五點，等你們拍拍小朋友的頭、轉身告辭，才能放下心中的大石頭。叔叔，你有拍過我的頭嗎？應該沒有，我只對那些胖胖的董事有印象。

明天請向孤兒院轉達我的喜愛之情，而且是**真心誠意**的喜愛喔。匆匆回首這四年，再想想我們孤兒院，一股柔情便湧上心頭。剛上大學的時候，我滿忿忿不平的，因為孤兒院奪去我的童年，讓我不像其他女生那樣正常長大。但是現在，這種感覺煙消雲散。我把孤兒院的經歷當作一場不可多得的冒險，讓我得以站在旁觀者的立場觀察人生百態。長大後，我觀察世界的角度，是那些在優渥環境成長的小孩所欠缺的。

我認識很多像朱麗亞那樣的女孩，她們總是身在福中不知福。當幸福變成家常便飯，她們的感覺也漸漸麻木。但我不像那些女孩，我非常清楚自己每分每秒都很幸福。將來無論碰上什麼不如意的事，我也會繼續保持這種心態。在我眼中，牙痛等不愉快的事都將成為有趣的經歷。我會開開心心體驗各種感覺。「哪怕天空變幻莫測，我都會正面迎接命運。」[43]

不過，叔叔，別把我對約翰．葛里爾之家的好感想得太認真。即使我像盧梭（Rousseau）一樣有五個小孩，我也不會為了讓他們樸實長大，而把孩子遺棄在孤兒院門口。

請代我問候李佩特院長（問候就好，說我敬愛她就有點過頭了）。別忘了跟她說我變得十分優秀喔。

敬愛你的朱蒂敬上

43 出自拜倫的詩作〈致湯瑪斯．摩爾〉（To Thomas Moore）。

四月四日

羅克威洛農莊

親愛的叔叔：

你有注意到郵戳嗎？我和莎莉來羅克洛威農莊過復活節，幫這裡增添生氣。我們覺得最棒的放假計畫，是找個安靜的地方度過這十天。繼續待在佛格森宿舍吃飯，我們一定會神經衰弱。拖著疲憊的身體跟四百個女孩用餐，根本是活受罪。整間餐廳吵吵鬧鬧，完全聽不到對面的人說話，得把手圈起來當擴音器，用吼的才聽得見，真的不誇張。

放假期間，我和莎莉一起爬山，一起讀書寫作，度過一段閒適寧靜的時光。今天早上我們爬到天山山頂，就是我和賈維少爺野餐過的山頭。真不敢相信已經過了快兩年，現在依稀可以看到當時被柴火燻黑的石頭。有些地方在記憶中會與某些人產生連結，回到老地方就會想起他們，這感覺真奇妙。他不在，我滿寂寞的——但也就寂寞兩分鐘啦。

叔叔，你猜我最近在做什麼？聽了你一定覺得我怎麼死性不改——我又在寫書了。三個星期前開始動工，每天都有穩定產出。我已經掌握到竅門。賈維少爺和那位編輯說得對，如果想讓作品打動人心，就要寫自己熟悉的人事物。這次的題材我熟到不能再熟，你猜故事背景設在哪裡？在約翰．葛里爾之家！叔叔，我真心覺得這本書很不錯，就是些日常瑣事。我已經放棄浪漫派，改走寫實派。不過等之後開始正式闖蕩文壇，我會再回頭寫浪漫小說的。

這本新書絕對會完成，也一定會出版，等著瞧吧！只要夠迫切，願意努力不懈，終有水到渠成的一天。四年來我想方設法讓你寫信給我，到現在我還沒放棄希望。

再見，親愛的叔叔。

（我喜歡叫你親愛的叔叔，聽起來很順耳。）

敬愛你的朱蒂敬上

附記：忘記告訴你農莊新消息，但你聽了會很難過喔。心情不想跌落谷底的話，請跳過這段。

可憐的老馬格羅佛升天了。牠老到咬不動食物，只好一槍送牠上路。

上星期有九隻雞不知道是被黃鼠狼、臭鼬還是大老鼠給弄死了。

有頭母牛病懨懨的，我們請鎮上的獸醫來看診。阿馬賽熬夜餵牠喝亞麻仁油和威士忌，不過大家很懷疑那頭可憐的病牛只有喝到亞麻仁油。

多愁善感的湯米不見了（牠是一隻玳瑁貓），怕是中了捕獸陷阱。

這世界真是多災多難！

五月十七日

親愛的長腿叔叔：

　　這封信只會有短短幾句。現在看到筆，肩膀就隱隱作痛。白天抄課堂筆記，晚上寫我的曠世巨作，實在寫不動了。

　　畢業典禮在三星期後的星期三舉行。希望你能來參加，跟我見見面，不來的話我會討厭你喔！大家都邀請家人出席，朱麗亞邀了賈維少爺，莎莉邀吉米．麥可布萊德，但我能請誰來呢？只有你和李佩特院長能選，可是我不想邀院長來，拜託你來吧。

滿懷敬愛、寫到手抽筋的朱蒂敬上

六月十九日
羅克威洛農莊

親愛的長腿叔叔：

我畢業了！畢業證書放在櫃子最下層，和我最漂亮的兩件連身裙收在一起。今年畢業典禮跟往年一樣，在關鍵時刻下起陣雨。謝謝你送來玫瑰，真的很美。賈維少爺和吉米少爺也送了玫瑰給我，不過我把他們的花先放在浴缸裡，捧著你的玫瑰參加校園巡禮。

這個夏天我會待在羅克威洛農莊，也許會住上一輩子。這裡食宿便宜，環境清幽，很適合寫作。對奮力朝作家之路邁進的人來說，還有什麼好奢求的。我寫書寫到走火入魔，醒著的時候滿腦都是書書書，連睡覺也會夢到。我只求生活平平靜靜，有很多時間可以創作（寫作之餘還有營養滿滿的食物可以吃）。

賈維少爺八月會來住一星期左右，吉米．麥可布萊德也會在夏天來一趟。他在一家債券公司上班，常到各地銀行兜售債券。之後他會來我們鎮上的國家農民銀行，到時候他會順道拜訪我。

你看，羅克威洛農莊還是會有些社交活動。本來我很期待你會開車路過這裡，但現在我已經不抱希望。打從你缺席畢業典禮那天，我就死心了，把你永遠深埋在我心底。

文學學士朱蒂・艾伯特敬上

七月二十四日

最親愛的長腿叔叔：

工作是不是很有趣？還是你沒有工作過？假如你的工作是你在世界上最想做的事，樂趣會多更多喔。這個夏天，我天天下筆如有神，只恨時間不夠用，沒辦法把腦中那些美麗、珍貴又妙趣橫生的想法一一寫下。

整本書已經修了一次稿，明天早上七點半開始修第二次。講真的，這本書一定會是你看過最棒的書。我滿腦子都是它，每天早上只想匆匆把衣服換掉，速速把早餐吃完，然後趕緊開工，拿起筆不停寫呀寫，直到瞬間覺得筋疲力盡。這時候，我就會帶著新來的牧羊犬柯林到田野玩耍，發想第二天的靈感。這本書一定會是你看過最棒的書——喔，不好意思，剛才說過了。

親愛的叔叔，你不會覺得我很自以為是吧？

我本性真的不是這樣，只是現在情緒太亢奮，說不定過陣子冷靜下來，就會對這本書百般挑剔、嗤之以鼻。不對，絕對不會這樣！這次的書上得了檯面，拭目以待吧！

讓我想想別的話題。我是不是沒說過，阿馬賽和佳莉今年五月結婚了？他們還在農莊工作，但就我的觀察，這對夫妻婚後性格大變。以前阿馬賽的鞋子沾滿泥巴，或是把地板弄得到處是灰，佳莉只會哈哈大笑。但現在不是這樣，佳莉罵他罵得可厲害了！還有，佳莉也不再捲美美的捲髮了。至於阿馬賽，以前請他清地毯或搬木材，他都樂於幫忙，現在請他做，就嘟囔個不停。結婚前他會打鮮紅色或紫色的領帶，現在的領帶不是黑色就是土色，看上去髒兮兮。我決定這輩子不結婚了，婚姻顯然會讓人漸漸敗壞。

農莊沒什麼新消息。動物都很健康，豬胖得不像話，那些牛看上去過得很愜意，母雞也有好好下蛋。你對飼養家禽有興趣嗎？有的話，推薦你看《讓母雞年產兩百顆蛋》（*200 Eggs per Hen per Year*）這本書，頁數不多，很值得一看。明年春天，我想買孵蛋箱飼養肉雞。看吧，我打算定居在羅克威洛農莊，至少要像安東尼．特洛勒普的母親[44]一樣寫完一百一十四本小說，把我的人生大業完成，才可以退休去旅行。

44 安東尼．特洛勒普（Anthony Trollope），英國小說家，其母親創作逾三十本小說。這裡的一百一十四本為作者誇大之詞。

吉米・麥可布萊德先生上星期日來訪。大家一起吃了炸雞和冰淇淋，他好像很喜歡。見到他讓我開心極了，雖然只待了一下，但他讓我想起外面還有大千世界。可憐的吉米，他在各地推銷債券推得很不順利。就算利息高達百分之六，有時甚至到百分之七，鎮上的銀行還是不買單。我想他最後應該會回老家，到他爸爸的工廠做事。他心地善良，太容易相信別人，說話又不會包裝，實在無法在金融業出人頭地，但是在生意興隆的工廠當經理應該不錯吧？現在他還瞧不起這個職位，不過之後會慢慢改觀的。

我寫書寫到手抽筋，還是忍痛寫了這封長信，但願你能明白我的用心。親愛的叔叔，我還是很愛你，而且我很幸福。這裡有美景環繞，有吃不完的食物，還有舒服的四柱床，桌上有一令稿紙和一大罐墨水，我夫復何求？

你永遠的朱蒂敬上

附記：郵差送來新消息，賈維少爺預計下星期五會來住一星期。我既期待又怕受傷害，很擔心我的書會因此遭殃。賈維少爺可不是普通的嚴格。

八月二十七日

親愛的長腿叔叔：

你究竟在哪裡呢？

我從來不知道你在世界的哪個角落，但現在暑氣逼人，只願你不在紐約，而是在山上一邊賞雪、一邊想我（不過希望不是瑞士，是近一點的地方）。請一定要想我喔。我好寂寞，很希望有人能心繫著我。唉，叔叔，但願我認識你！這樣心情不好的時候，我們還能互相打氣。

我覺得我受不了羅克威洛農莊了，很想搬家。今年冬天，莎莉要到波士頓從事社會福利工作，我跟她一起去應該不錯吧？我們可以租一間套房，白天我專心寫作，她去上班，晚上互相作伴。這裡除了桑普爾夫婦、佳莉和阿馬賽，沒有其他聊天對象，夜晚實在很漫長。不用說我就知道你不會贊成我搬出去，你的祕書十之八九會寄來這樣的信：

致潔露莎・艾伯特小姐

親愛的艾伯特小姐，

史密斯先生希望妳留在羅克威洛農莊。

埃爾默・葛里格茲敬上

叔叔，

我討厭你的祕書。我敢肯定，叫埃爾默・葛里格茲的人，心腸一定很壞。叔叔，說真的，我覺得搬去波士頓勢在必行。我在這裡待不下去了。再這麼風平浪靜，我一定會絕望得從大筒倉跳下去。

上天慈悲，熱啊！草在燃燒，溪水乾竭，路上塵土飛舞，好幾星期沒下雨了。

這封信讀起來好像我與水絕緣一樣，但其實不是。我只是很想要有家人。

再見，我最親愛的叔叔。

希望認識你的朱蒂敬上

九月十九日
羅克威洛農莊

親愛的叔叔：

出了一點事，我想尋求建議。我只需要你的意見，不想聽別人的。就不能讓我見見你嗎？面對面談比寫信容易多了，而且我怕你的祕書會拆信來看。

朱蒂敬上

附記：我傷心欲絕。

十月三日

羅克威洛農莊

親愛的長腿叔叔：

今天早上收到你的親筆信，字體歪歪扭扭的。我很難過你生病了，早知道就不拿我的事讓你操心。好的，我會把煩惱告訴你，不過寫起來很複雜，而且極為私密，所以讀完請把信燒了，不要收起來。

進入正題之前，請查收一千塊美金支票。我竟然有寄支票給你的一天，很妙吧？你猜這筆錢是哪裡來的？

叔叔，我的小說賣掉了，先分七個部分連載，之後集結成書出版。也許你以為我會欣喜若狂，但其實沒有，我完全無動於衷。當然我很高興能開始還錢，目前還欠你兩千多塊，我打算分期償還。請別一心想著拒收支票，能還錢讓我很開心。我欠你的遠遠不只金錢，其他的我會心懷感恩、真心誠意、用餘生報答。

叔叔，回到正題。不管我聽不聽得進去，請給我最實際的建議。

你知道我對你的感情很特別，因為你代表我所有家人。假如我跟你說，我對另一個人懷有更特別的情感，你不會介意吧？這個人是誰應該不難猜到，畢竟這些年來我在信上一直提到賈維少爺。

真想讓你瞭解他為人如何，而我們又有多投緣。我們對事情的看法一致，雖然往往是我不自覺去迎合他，但他幾乎每次都是對的。說到底，這也是理所應當，他比我多了十四年的歷練。不過在其他方面，他就是個大孩子，需要別人照顧，像他連雨天要穿雨鞋都不知道。我和他的笑點一樣，這點非常加分。兩個人的幽默感在不同頻率就慘了，中間那條鴻溝怎樣也跨越不了。

而且他呢——天啊，反正他就是他。我很想很想很想他，少了他，世界變得空虛寂寞，讓人心好痛。我討厭月色如此美麗，他卻不在我身邊與我共賞。也許你也愛過人，能懂我的感受。要真是這樣，我就不必多作解釋。不是的話，我也解釋不了。

總之，這就是我的感覺——但我拒絕了他的求婚。

我沒有告訴他理由，只是默不作聲，覺得心如刀割，想不到該說什麼。現在他走了，一心以為我想嫁給吉米．麥可布萊德，但我一點也不想，也沒考慮過這個可能。吉米根本是還沒長大的孩子。我和賈維少爺的誤解太深，傷了彼此的心。我讓他離開不是因為不喜歡他，反而是因為太喜歡了。我深怕他將來會後悔，到時候我可承受不了！我這種身世不明的孤兒，嫁進他家那樣的豪門，總覺得不太恰當。我不曾跟他提起孤兒院的事，也討厭解釋我其實不清楚自己的身世。說不定我**出身卑賤**，而他們家族是那麼自命不凡——雖然我也是有自尊的！

再說，我覺得自己有義務回報你。你供我上大學，培養我當作家，我起碼也要努力試試。接受你的資助上學卻不好好運用，反而畢業後直接嫁人，這對你太不公平了。幸好現在我有能力慢慢還錢，也還掉了一部分，而且我想婚後還是可以繼續寫作，為人妻和當作家不衝突。

我深思熟慮了一番。我知道他支持社會主義，思想也不會因循守舊，或許他跟其他人不一樣，不會那麼介意和無產階級共結連理。也許只要兩個人心意相通，相伴時幸福，分開時寂寞，就不該因為任何阻礙而把手放開。**多希望**這個說法是真的！不過，我還是想聽聽你的客觀意見。你應該也出身名門，懂得從世俗的觀點看待這件事，而不會只顧人情，一味同情我。你看我多勇敢，竟然全盤托出。

如果我去找他，解釋癥結點不是吉米而是孤兒院，會不會讓事情更糟？老實說，我寧願餘生活在痛苦之中，也不想多作解釋，但我還是願意鼓起十二萬分勇氣去找他。

這件事已經過去快兩個月了。他離開後杳無音訊，我的心碎了滿地。好不容易稍微習慣心碎的滋味，就收到朱麗亞來信，讀完後情緒又湧上心頭。她輕描淡寫地說，賈維斯叔叔在加拿大打獵的時候，困在暴風雨中一整晚，不幸得了肺炎，到現在還沒康復。我對這件事一無所知，他走了之後一封信也沒捎來，讓我的心好痛。我想他一定心情很不好，因為我就是這樣！

你覺得我該怎麼辦才好？

朱蒂敬上

十月六日

最親愛的長腿叔叔：

當然可以，我一定會去，下星期三下午四點半準時赴約。找路絕對不是問題。我去過紐約三次了，也不是小孩子。真不敢相信我竟然要跟你見面了！多年來我只能**在腦中想像**你的模樣，一時很難相信你是有血有肉的人。

叔叔，你身體不好還為我操心，人真的太好了。請多多保重，小心別著涼，秋天的雨又濕又冷。

敬愛你的朱蒂敬上

附記：突然想到有件事不太妙。你家有管家嗎？我很怕管家，要是管家來開門，我一定會暈倒在臺階上。我該說什麼呢？你又沒說你的真名，說我要找史密斯先生嗎？

・星期四早上

我最親愛的賈維少爺、長腿叔叔、潘德爾頓、史密斯先生：

你昨晚有睡著嗎？我整晚都沒闔眼。我太詫異、太興奮、太困惑，又太幸福。我想我再也無法入睡，也吃不下飯了。但我希望你有好好睡一覺。你不睡不行，知道嗎？睡好覺你才可以早日康復，來到我身邊。

親愛的，想到你病得這麼重，我的心就好痛，而且過去這段時間我還毫不知情。昨天醫生下樓送我上車的時候，他說他們一度放棄治療希望，一連三天無計可施。噢，我最親愛的，要真出了什麼差錯，我的世界將黯淡無光。雖然在很遠很遠的未來，我們其中一人會先離開，但至少那時候我們已經幸福過，有許多回憶能相伴餘生。

本來想讓你振作起來，結果我得先提振自己的士氣。我一方面幸福得不可思議，一方面也更戒慎恐懼。我深怕你隨時會出事，那份擔憂在我心頭縈繞不去。以前我總是嘻皮笑臉、無憂無慮，因為我沒有什麼寶貝可以失去。可是從今以後，我必須懸著一顆超級大的心生活。你不在我身邊的每一秒，我都會擔心有車子輾過你，或是有招牌從天而降砸到你的頭，又或者你會吞下噁心巴拉的病菌。我心中那片平靜蕩然無存——但也無所謂，我本來就不喜歡生活太平和。

請快點、快點、快點好起來。我想緊緊挨在你身邊，碰得到你才能讓我確定你是真的存在。昨天只相聚半小時，實在太短了，好怕一切只是夢。多希望我是你的遠房親戚（血親往上追溯好幾代的那種），這樣我就可以天天去探病，給你唸唸故事，幫你把枕頭拍鬆，揉揉你額頭上兩道淺淺的皺紋，讓你嘴角揚起笑容。不過你心情已經好很多了吧？昨天離開前，看你精神好了不少。醫生說你看上去年輕了十歲，稱讚我很會照顧病人。但願談戀愛不會讓大家都年輕十歲。親愛的，如果我只有十一歲，你還會喜歡我嗎？

昨天是我人生最棒的日子。哪怕活到九十九歲，我也不會忘記任何一絲細節。我一大清早從羅克威洛農莊出發，夜幕低垂時才回來。早上和晚上的我，簡直判若兩人。桑普爾太太清晨四點半叫我起床，我在黑暗中瞬間清醒，腦中浮現的第一個念頭是：「我要去見長腿叔叔了！」我倚著燭光在廚房吃早餐，接著駕了八公里的馬車到火車站，沿途欣賞色彩斑爛的十月景致。一路上太陽緩緩升起，楓樹和山茱萸在晨曦中煥發著赤紅和橙色的光彩，一旁的石牆和玉米田結上白皚皚的冰霜，在晨光下點點閃爍。早晨的空氣冷冽而清新，充滿希望的氣息。我**有預感**一定會有大事發生。坐上火車，鐵軌沿路對我唱著：「妳要去見長腿叔叔了。」聽著聽著，我也安心下來，深深相信叔叔會有辦法解決我的煩惱，心裡也知道還有另一個人，比長腿叔叔更親愛的人，在世界的某個角落想要見我，而且冥冥之中，我覺得在這趟旅途結束之前，我就會見到他——結果你看！

我站在紐約麥迪遜大道（Madison Avenue），看著你家的棕色大宅，不禁心生畏懼，不敢往前跨一步。於是我在附近繞了一下，幫自己提振士氣。現在回過頭看，我根本用不著害怕。你的管家是位慈父般的老先生，一踏進門就讓人覺得賓至如歸。他問我：「請問是艾伯特小姐嗎？」我說：「是的。」完全不用說是來找史密斯先生。他請我在客廳稍候，裡頭燈光昏暗，裝潢陽剛又氣派。我坐在一張大椅子的邊上，座位鋪有軟墊。我不斷對自己說：

「我快見到長腿叔叔了！我快見到長腿叔叔了！」

沒多久，管家走回來請我上樓到書房。我激動到雙腿發軟，真的差點爬不上樓梯。到了書房門口，管家轉過身來低聲說：「小姐，先生病得很重，今天醫生才准許他下床。請小姐不要待太久，免得他太激動，好嗎？」從管家說話的口吻，我就知道他很愛你。真是一位令人敬愛的老先生！

他敲敲門說：「艾伯特小姐來了。」我走進書房，管家隨後把門關上。

從明亮的走廊進到書房，光線頓時暗了下來，一時之間我什麼也看不清楚。後來，我才漸漸看出壁爐前有一張大扶手椅，椅子旁邊擺了一張光亮的茶几，以及一張小一點的椅子。我注意到有人坐在扶手椅上，背後墊著好幾個靠枕，腿上蓋著毯子。我還來不及阻止，他就站了起來，身子微微顫抖，扶著椅背才站穩腳。他不發一語看著我，我看了又看，看了又看，發現竟然是你！可是當下我腦袋還沒轉過來，還以為是叔叔請你來這裡見我，想給我驚喜。

你笑了出來，伸出手說：「親愛的小朱蒂，難道妳都沒猜到我就是長腿叔叔嗎？」

我頓時恍然大悟。天啊，我也太笨了吧！要是我夠機靈，早該從一百件瑣事中猜出是你。看來我當不成出色的偵探，你說是吧，叔叔？還是賈維？我該叫你什麼？直呼賈維好像很沒大沒小，我不能對你這樣！

我們甜甜蜜蜜共度了半小時，直到醫生請我離開。抵達車站的時候，我還恍恍惚惚，差點搭到往聖路易的火車。你的精神也很恍惚，連茶都忘了請我喝。不過我們幸福到不行，你說對不對？我在黑夜中駕馬車回羅克威洛農莊，天上的星星照耀夜空，多麼閃耀啊！今天早上我帶著狗狗柯林出門散步，走遍我和你去過的地方，回想你說的每一句話，還有你的每個表情。今天的樹林是帶著柔光的古銅色，空氣充滿冰霜的氣息，是適合**爬山**的好天氣。真希望你也能在這裡和我一起爬山。親愛的賈維，我好想好想你，不過這份思念是快樂的，因為我們很快就能相聚。我們現在真的屬於彼此了，不再純屬想像。我終於有了歸屬，怎麼想都很奇怪吧？這感覺甜滋滋的，非常甜蜜。

我絕對不會讓你有半點後悔。

許你一生一世的朱蒂敬上

附記：這是我這輩子第一封情書，而我竟然知道該怎麼寫，是不是很妙？

讀書會・深刻閱讀

——領讀人：林玫伶

1. 在〈憂鬱的星期三〉中，一開始提到「每月的第一個星期三都是糟糕透頂的一天」，但到了本篇的最後，潔露莎卻「興奮得有些暈頭轉向」，為什麼潔露莎會有這麼大的轉變？

2. 「長腿叔叔」的稱號是怎麼來的？潔露莎沒見過長腿叔叔，除了外型，潔露莎對長腿叔叔還有哪些想像？長腿叔叔對資助對象有什麼期待和要求？

3. 潔露莎（後來改名朱蒂）上大學後寫給長腿叔叔很多封信，從書信中的稱謂和署名，可觀察雙方關係的變化。你看到了什麼變化？

4. 朱蒂在書信中有時會提到孤兒院中的種種，包括命名、管教、娛樂、衣服、零用錢等等，哪些遭遇對她的成長產生負面的影響？哪些產生了正面的影響？

5. 朱蒂在孤兒院時雖然英文成績和作文表現不錯，上大學以後卻覺得遠遠跟不上同學，他因此遭遇過哪些挫折？朱蒂面對這種挫折，她的心態如何？怎麼因應？

6. 書中提到朱蒂讀過許多的書，請列出書單！說說看，朱蒂如何讓這些閱讀變得有趣？又如何把閱讀中學到的和自己產生連結？

7. 朱蒂有時接受長腿叔叔豐盛的禮物，有時拒絕長腿叔叔額外的零用金。當她獲得稿費和獎學金時，甚至寫信說可以降低每月的零用錢；當她有家教收入後，還打算慢慢還錢。朱蒂對錢財物質的看法究竟如何？

8. 朱蒂漸漸抗拒長腿叔叔的安排，例如不准去露營、不該接受學校獎學金、不該兼家教……你支持朱蒂這些想法和作法嗎？為什麼？

9. 長腿叔叔一開始是為了資助有潛力的孤兒升學，他從什麼時候開始對朱蒂產生男女的情愫？被朱蒂哪些特質吸引？在這場戀情中，長腿叔叔個性也跟著有哪些改變？

10. 第二封寫給長腿叔叔的信中提到：「因為性別等原因而無法就讀這所女子大學的人，我真心為他們感到遺憾。」這句話透露了作者對女性受教權的關心。找找看，本書還有哪些地方流露出「重視婦女教育、婦女權益」的訊息？

讀書會．延伸討論

——領讀人：徐永康

1. 在本書中，育幼院的孩童「每個月的第一個星期三」都需要好好表現、等待有人認領他們。如果你是育幼院的孩童，你會想要用這種方式等著被領養嗎？還是說有更好的方式可以幫助他們呢？

2. 長腿叔叔願意提供經費幫助潔露莎上大學，也因此改變了潔露莎的命運。可以請你回想並分享你曾經幫助別人或被別人幫助的經驗嗎？當時有怎樣的感覺呢？

3. 潔露莎剛進學校時，常常聽不懂其他人說話，也不知道如何和別人相處，甚至會被笑。如果是你的話，有遇到這樣的事情嗎？你會怎樣回應這種事情？

4. 以前有許多「重男輕女」的現象，例如說，男生學知識，女生做家事等等，你覺得現在還有這種事情嗎？如果有的話，你想要怎樣改善呢？

5. 你可以猜猜看，為何長腿叔叔想要幫助潔露莎嗎？潔露莎寫的信，他都沒回信，他到底在想什麼？

6. 潔露莎進入大學念書後，變得很不一樣，得到更多知識和對世界的渴望，她想成為一位作家，去影響更多人。如果是你的話，你想要成為怎樣的人呢？

7. 潔露莎後來發現，長腿叔叔就是常見面的賈維，而賈維都沒有向潔露莎坦承。如果你是潔露莎，你會有怎樣的感覺？如果你是賈維，你是怎樣想的？

8. 你喜歡潔露莎嗎？喜歡她的哪一部分？不喜歡哪一部分呢？

9. 你對故事的情節與結局有怎樣的看法？如果想要改變的話，想要改哪一個部分呢？

10. 你看完這本書後，有想過這本書和哪一本書很像嗎？可否試著比較兩本書的異同？

長腿叔叔
Daddy-Long-Legs

作　　者　珍·韋伯斯特（Jean Webster）
譯　　者　許珈瑜
特約編輯　吳佩芬
封面設計　吳郁婷
內頁版型　高巧怡
行銷企劃　蕭仰浩、江紫涓
行銷統籌　駱漢琦
業務發行　邱紹溢
營運顧問　郭其彬
責任編輯　林淑雅
總 編 輯　李亞南
出　　版　漫遊者文化事業股份有限公司
地　　址　台北市103大同區重慶北路二段88號2樓之6
電　　話　(02) 2715-2022
傳　　真　(02) 2715-2021
服務信箱　service@azothbooks.com
網路書店　www.azothbooks.com
臉　　書　www.facebook.com/azothbooks.read
發　　行　大雁出版基地
地　　址　新北市231新店區北新路三段207-3號5樓
電　　話　02-8913-1005
訂單傳真　02-8913-1056
初版一刷　2023年12月
定　　價　台幣300元

ISBN　978-986-489-880-0

國家圖書館出版品預行編目 (CIP) 資料

長腿叔叔/ 珍. 韋伯斯特(Jean Webster) 著 ; 許珈瑜譯. -- 初版. -- 臺北市 : 漫遊者文化事業股份有限公司, 2023.12
256 面 ; 14.8x21 公分
譯自 : Daddy-long-legs
ISBN 978-986-489-880-0(平裝)
874.57　　112019477